Leesgenot 10

Charne Harding
Chris Janse
Brenda van Vuuren

Malherbe Uitgewers Publikasie

Outeur: Charne Harding
Chris Jansen
Brenda Van Vuuren
Voorbladontwerp: Malherbe Uitgewers

Geset in Franklin Gothic Book 11pt

Uitgegee en gedruk deur
Malherbe Uitgewers

Contents

Abishag

Charne Harding

Hoofstuk 1

Selfs met die sluier op, brand die son haar gesig. Dit is warm na die winter met die reën wat verby is en bloeisels is oral sigbaar. Sy stap deur die wingerd; besig met haar werk. Dit was nooit haar keuse om 'n wingerd-oppasser te wees nie. Haar duifgrys oë neem alles waar en rus op die pragtige henna-blomme. Die berge van Galilea lyk grysblou in die vêrte en dit voel of hulle haar veilig omhels, deel van haar is. Dis hier waar sy net sestien jaar gelede gebore is.

Haar broers neem deesdae al die besluite na haar pa se dood; hoe mis sy hom nie. Sy druk die lang sliert blink goudbruin hare wat losgekom het, terug.

Sy hoop daar is tyd om Gideon te sien. Hulle liefde vir diere en die veld maak hulle onafskeibaar en in hul vrye tyd is hulle altyd saam. Hy het nie 'n bang haar op sy kop nie en sal enige iets doen om sy skape te beskerm. Hy lyk veel ouer as twintig, maar met sy bruin skouerlengte hare en blou oë, moet sy bieg: daar is niks mooier in die wêreld as hy nie.

Abishag gaan soek rusplek onder 'n boom en breek 'n stuk van die brood af wat haar ma ingepak het. Sy sien haar jongste broer, Joël, aangehardloop kom. Hy is skaars tien jaar oud, maar hardloop soos die wind. Sy hoop nie daar is fout nie. Haar ma voel juis nie lekker die laaste tyd nie, dink sy en staan op om vinnig nader te stap.

"Jy moet gou maak, Mammie roep." Joël se asem jaag nog.

Vandat Abishag by die huis aangekom het, word sy voorgesê: ander klere, juwele en te veel reukolie. Sy voel klaar geïrriteerd en al die moeite vir 'n man wat sy nie eens ken nie. Haar ma lyk moeg en senuweeagtig. Niemand het 'n verduideliking van wat op haar wag nie, so asof dit 'n geheim is.

"Jy is uitverkies, my kind. Jy gaan ons trots maak." Dit is al wat haar ma te sê het.

Sy wens Gideon was hier; hy sou hulle keer. Hy is 'n wyse man wat haar nie sal laat gaan nie. Die trane brand in haar oë by die blote gedagte dat sy dalk sal moet weggaan. Hier, tussen die stof en lelies van die veld, is waar sy wil bly. Opstand borrel in haar. Sy sal nie toelaat dat 'n man haar geluk steel nie, al kos dit wat.

Langer kan sy nie draai nie en sy stap met 'n swaar gemoed na waar hulle op haar wag. Die hele voorkamer staan gepak met geskenke vir Abishag se familie, en vir haar duur olies en juwele. Nog nooit het sy sulke mooi matte en kruike gesien nie. Sy moet seker baie spesiaal voel, maar al is die man hoe ryk en vriendelik met haar, hou sy nie van die kyk in sy oë nie. Die Romeinse man lyk wreed. Mag God haar beskerm en bewaar. Sy wil nie groet nie. Dit is die eerste keer wat sy weggaan van haar ma en broers. Sy kan die nattigheid in haar ma se oë sien. Haar ma se lip bewe en Abishag beweeg stadig nader en toe sy ma se plomp lyf teen hare voel, begin Abishag onbedaarlik huil.

"Ek is lief vir Mamma, ek wil nie gaan nie."

Haar ma praat saggies teen haar oor. "Jy is sterk, en God is met jou. Ek is so jammer my kind. Dit kan nie anders nie."

Abishag se oë neem alles in terwyl die perde-wa nader beweeg na haar nuwe bestemming. Geboude mure omring die plek met staal-hekke waar hulle tot stilstand kom. Die huis is groot met sandsteen gebou; die tuin is immergroen en fonteintjies met beelde is oral sigbaar. Sy kom nie agter haar mond hang oop soos wat sy haar verkyk nie.

Toe hulle binne stop, word Saulus eerste afgehelp. Hy stap om tot by haar, neem haar hand in syne, bring dit op tot by sy mond en soen dit saggies. "Welkom by jou nuwe huis."

'n Groot plein voor die huis waar twee diensmeisie staan en wag, gereed om haar na binne te vergesel. Abishag voel ongemaklik terwyl sy hulle volg. Sy let op dat die huis se dak nie so laag is soos die huise wat sy ken nie.

In die voorportaal is daar mooi kleurvolle vloerteëls met patrone en duur matte. Diepblou gordyne en goue bakke by elke ingang. Pragtige blomme in houers op tafels. Sy het nog nooit so iets gesien nie. Sy verwonder haar aan al die weelde. Die geur van wierook is sterk en brand haar neus. Een van die meisies maak die deur na 'n vertrek oop.

"Dit is u kamer, alles is hier wat u nodig mag hê. Ons bring elke oggend vars water en sal naby wees vir enige iets wat u benodig."

Abishag kry nie 'n woord uit nie, so verbaas oor die weelde om haar. So 'n groot bed het sy nog nooit gesien nie. Lappe is om 'n houtstruktuur gedrapeer om die bed met bypassende wynrooi beddegoed. Matte versier die vloer in wynrooi en koningsblou. Sy wens sy kan net bietjie rus, want die rit was baie lank. Haar lyf pyn en die hitte het nie gehelp nie.

"U kan nou eers saam ons beweeg na die waskwartiere. Ons sal u help om te bad en te verklee. Ek is Tamar en dit is Priscilla."

Abishag knik net met haar kop, haar oë is afwaarts. Sy volg hulle na baddens wat so groot is dat daar maklik tien mense kan inpas. Dit is nie bekend in Israel nie, dit moet seker van die Romeine afkomstig wees, dink sy. Sy voel skaam voor die meisies; sy is nie gewoond aan was voor ander nie. Haar hart klop te vinnig en sy staan asof sy versteen is.

Hulle kom nader en Tamar kyk verward na haar. "Kan ons u help? Ons het 'n pragtige gekleurde tuniek gereed as u klaar gewas is."

Abishag kyk pleitend op in Tamar donker bruin oë. "Kan julle my alleen laat asseblief? Ek sal self regkom."

Die ander meisie begin giggel agter haar hand, maar toe 'n ouer vrou in die vertrek kom, breek die gegiggel stomp af. Die meisies staan verskrik doodstil. Dis duidelik dat hulle respek vir die vrou het; sy is hulle meerdere.

"Moet ek die meester inlig van julle gedrag? Ek is seker julle weet watter straf op julle sal wag!" dreig sy. "Toe, maak dat julle wegkom en los haar alleen." Die twee skarrel om vinnig genoeg uit te beweeg. "Ek is Isbel, in beheer van die meisies en ook die huishoudster. Ek hoop jy sal gelukkig wees by ons. Die meester het jou uitverkies uit almal wat beskikbaar was. Jy is spesiaal en ek kan sien hoekom; jy is beeldskoon."

Isbel wys vir Abishag om te sit. Abishag wil nie hier wees nie. Sy mis Gideon en haar ma, selfs haar broers wat haar so kwaad gemaak het. Sy mis die oopte en die veld. Al hierdie statige weelde is nie vir haar nie en maak haar senuagtig. Sy wil nie die meester se byvrou wees nie, want dan is haar lewe verby. Gideon sal nooit na haar kyk as hy weet 'n man was al by haar nie.

Net die gedagte maak haar nog meer benoud, sy weet niks van die dinge af nie. "Vader in die Hemel help my U weet ek is nie reg vir dit nie. Hoeveel keer het ek vir my en Gideon se toekoms gebid en gesmeek. Wat maak ek hier?" bid sy sag, prewelend.

"Abishag, hoor jy my? Dit lyk of jy so diep ingedagte is. Jy hoef nie bang te wees nie; dit is hoekom ek hier is ... om

5

jou te help, amper soos jou moeder. Vir my kan jy enige iets vra. Ek help graag," sê Isbel met 'n glimlag en haar oë blink.

"Dankie." Dis al wat Abishag kan sê.

Isbel skink vir Abishag iets te drinke. Dit is soet soos heuning maar die nasmaak proe soos wyn. "Neem eers jou tyd. Drink iets en eet sodat jy jou kragte terug kry, dan kan jy rustig bad." Isbel praat sag en stadig soos iemand wat regtig omgee. Die silwer beker is blink gevryf en in 'n groot kleibord is allerhande vrugte. "Eet en geniet, môre wag daar baie dinge op jou. Jy kan vanaand vroeg gaan slaap en môre sal die diensmeisies jou gereed kry vir die groot samekoms van al die meester se vroue en gaste. Almal sal jou met ope arms ontvang en dan is dit die bevestiging van jou en die meester se nuwe toekoms saam. Daar sal groot feesvieringe wees."

Abishag voel die hoofpyn wat klop by haar slape, die vrees en wete dat haar tyd min is, is oorweldigend. Selfs met al die heerlike kos voor haar, is sy nie honger nie. Hoe kon haar Ma en broers dit aan haar doen? Hoe kón hulle haar verkoop vir hulle eie gewin? Hulle het darem sekerlik altyd genoeg gehad, kos op die tafel en klere. Was hulle nie veronderstel om haar te beskerm nie? Sy voel soos 'n slagskaap gereed vir die slagting.

Isbel maak verskoning en sê vir Abishag dat sy oor 'n rukkie terug sal wees om haar te kom haal. Toe sy alleen is, voel sy die totaal verslae en moedeloosheid. Sy gaan sit op die grond en huil.

"Vader, ek is bang. Ek sal liewer sterf as om sonder Gideon te wees. My lewe is verby en ek is nog so jonk, die taak wat op my wag is te groot vir my ... Ek kán nie!" bid sy desperaat. So sit sy vir nog 'n paar minute en praat met God soos sy van kleins af geleer is. In die wingerd was sy baie keer alleen en dit was altyd vir haar 'n vreugde om met sonsopkoms daar met haar Koning te praat. Nou voel dit of Hy so vêr van haar is. Haar pa het haar geleer om te vertrou en vir niks bang te wees nie, maar die vreemde is oorweldigend.

Stadig kom sy orent en begin uittrek en voel eers met haar voet aan die water; dit is heerlik warm. Terwyl sy inbeweeg, omvou die water haar en iets binne haar verander vir altyd. Die lewe sal nooit weer dieselfde wees nie.

Abishag slaap die nag onrustig, al is dit hoe luuks en die bed hoe groot. Die volgende oggend teen skemer word sy wakker van 'n geklop aan haar deur. Meisies dra skoon water wat in die bakke op die houttafel gegooi word. Klere, juwele en kosmetiese kleursels vir haar gesig word ingedra; niks wat sy nie ken nie. Die een diensmeisie, Tamar gee vir haar 'n geskenk van Saulus, die meester, af aan.

"Spesiaal vir u. Die meester sê ek moet noem dat dit vir u vrugbaarheid sal bewerk."

Abishag kan dit nie neem nie, dit is beeld van 'n afgod. Haar hande begin onbedaarlik bewe. "Ek wil dit nie hê nie! Ek glo aan God van hemel en aarde alleen."

Die meisies slaan hulle hande oor hulle monde. "U sal gestenig word! Die meester sal aanstoot neem as u dit nie aanvaar nie. Wat moet ons doen?" Dis Tamar wat praat en nog steeds met die beeldjie staan.

"Dan is dit so, want ek wil dit nie hê nie. Ek kan nie..."

Tamar fluister iets in Priscilla se oor. Priscilla neem die beeld en gaan uit by die deur. Nie 'n woord word verder daaroor gepraat nie.

Die angstigheid voel oorweldigend, maar Abishag kry dit goed reg om voor te gee. Saulus kom neem haar hand toe sy en die twee diensmeisies by die deur inkom en die trappe afstap.

Tamar en Priscilla beweeg weg van haar en gaan staan teen die muur. Hy soen haar op die wang. Sy ruik die reuk eie aan hom en haar hart klop al vinniger.

Saulus is vet en sy wange blink so, dit lyk of dit met vet ingesmeer is. Ringe druk sy plomp vingers wat hy om haar gesig vou en sy dooie donker oë kyk in hare. Dit maak haar benoud en sy voel of sy wil versmoor. Hy lei haar na die groot gedekte tafel waar nog drie ander vroue sit. Slawe met groot palmtakke waai op en af om te help vir die hitte. Sy merk op dat hulle ouer is as sy en die kyk in hulle oë is nie die van kwade gevoelens of afsku nie, maar jammerte. Hy wys haar aan om te sit en hy neem sy plek in aan die kop van die tafel.

Abishag kan almal se oë op haar voel. Saulus neem 'n ryp vy en hou dit voor haar. Sy kyk hom vraend aan.

"Maak oop jou mond."

Stadig maak sy haar mond oop en hy druk die hele vy in. Dit voel vir haar of sy nie kan kou of sluk nie. 'n Paar oomblikke rol sy die vrug in haar mond rond en sluk dit swaar amper heel in. Sy merk die begeerte in sy oë op. Hy staar na haar en neem dan haar ken en draai dit na sy kant toe. Stadig lig hy sy lyf half op en soen haar vol op die mond. Sy voel hoe brand die trane haar oë en rol teen haar wange af. Hy fluister, maar spoeg tref haar oor soos hy praat.

"Ek wil alles van jou hê. Jy is nou myne en ek weet jy gaan vir my baie plesier verskaf." Abishag antwoord nie en hy staan heeltemal op uit sy stoel. Dit is doodstil en almal kyk op na hom. "Soos julle weet het ek Abishag uitverkies om saam ons te woon en ook my nageslag aan te vul. Sy is pragtig en ek weet ons sal saam gelukkig wees."

Hy wys iets vir die diensknegte en hulle kom nader met flesse, hulle skink die rooi vloeistof wat soos bloed lyk vir elkeen. "Ons drink op ons nuwe toevoeging en die toekoms." Hy hou sy beker omhoog en hou dit nader aan Abishag. Hy beduie aan haar om dieselfde te doen. Toe sy haar beker bewerig optel, druk hy syne teen hare en neem 'n sluk. Sy kan nie, of liewer sy wil nie op die toekoms drink nie. Dit voel soos 'n doodsvonnis.

Dit is 'n lang dag en aand met musiek en dans, en kos wat teen Abishag se geloof is, word oordadig aangedra. Dié kos weier sy om te eet.

"Dis tyd... ons kan gaan. Die beste wag nog, my skoonheid." Saulus trek haar vas teen hom en sy nat lippe soen haar op die mond. Hy vat haar aan die hand en lei haar na sy kwartiere. Dis donker, al brand daar dowwe lampe. Dis nog groter as die kamer wat sy het.

Hy maak die deur toe en met sy groot lyf staan hy voor haar. Hy soen haar in die nek en sy hande beweeg oral oor haar. Sy bly hom wegstoot, maar hy hou aan en sonder waarskuwing tel hy haar maer liggaam op en val amper bo-op haar op die bed. Sy skarrel en wil hom af druk, maar hy is te sterk.

"Nee! Hou op!" Abishag kan dit nie meer vat nie. Sy groot hande kom tot rus om haar nek en die benoudheid pak haar beet.

"Jy praat nie so met my nie! Hoor jy! Ek het duur betaal vir jou. Jy is myne." Magteloos lê sy en elke bietjie hoop, liefde en drome word vervang met haat en wanhoop.

Hoofstuk 2

Met 'n seer lyf en 'n totale moedeloosheid, lê Abishag op die groot bed langs Saulus waar hy nog vas slaap. Sy wil nie opstaan nie, maar sy forseer haarself. Sy moet hier wegkom al kos dit haar lewe, want sy voel in elk geval of sy hier elke dag stadig doodgemaak gaan word. In haar eie kamer merk sy die blou merke oral op haar lyf op, maar in plaas daarvan om te huil, word sy kwaad. Haar binneste is meer seer as haar lyf.

Die besef dring tot haar deur dat sy nou sal moet vergeet van Gideon, want Saulus het haar kom besoedel en iets kosbaar van haar gesteel. Sy het haarself soveel keer in die kom water gewas, maar selfs die baddens kon nie die wonde in haar geheue wat Saulus op haar kom plant het, reinig nie.

Weer neem haar gedagtes haar terug na gister. "Jy is myne, ek het duur betaal vir jou. Jy sal maak soos ek sê." Die walglike man met sy eise en hardhandigheid gee Abishag weereens hartkloppings. Die trotsheid in sy oë en die wellus. Met haar arms om haarself gevou, probeer sy haarself vertroos, maar tevergeefs.

Daar is 'n klop aan haar deur. Sy wil nie nou diensmeisies, of in der waarheid, enige iemand sien nie. Lank sit sy doodstil en wag tot die persoon weg is. Sy trek 'n vaal tuniek aan wat sy saamgebring het. Versigtig maak sy die deur oop en kyk eers in die gang op en af. Niemand is in sig nie, maar die reuk van wierook hang sterk in die lug. Half verdwaald stap sy totdat sy die uitgang na buite sien.

In die tuin staan 'n groot terpentynboom en die son wat deur blare skyn, vorm 'n pragtige uitleg. Sy gaan sit vir 'n paar oomblikke en voel die strale op haar rug. Haar oë gaan toe en sy probeer aan niks spesifiek dink nie.

"Meesteres, u word gesoek." Tamar staan so ent van Abishag.

Stadig kyk sy om in die rigting van die jongmeisie. "Is dit Saulus wat na my soek?"

"Ja, die meester was verbaas toe u nie in sy kwartiere was nie." Tamar lyk bekommerd.

"Ek wil nie hier bly nie en sal dit vir hom sê."

Tamar trek haar asem diep in, verbaas. "U kan dit nie doen nie; hy sal u baie sleg behandel of selfs laat doodmaak."

Abishag het nie besef dit is so gevaarlik om die waarheid te praat nie. Sy weet 'n vrou moet haar stil gedra en onderdanig wees, maar die meisie se woorde en die vrees op haar gesig, waarsku haar dat Tamar baie ernstig is.

"Ek is nou daar; jy kan die meester laat weet." Abishag probeer net moed bymekaar kry.

Saulus sit in die groot oop vertrek en wag. Sy gesig lyk selfvoldaan. Hy trek haar langs hom neer.

"Dit was 'n genotvolle aand saam met jou. Jy moet my later saam met my kom eet," beveel hy.

Sy moes alle haat vir die man sluk en maak asof sy met alles instem. "Dis reg, ek sal daar wees. Kan u my verskoon asseblief? Ek moet my gaan gereedmaak."

Sy voel hoe sy hand oor haar rug beweeg toe sy opstaan en sy oë haar volg toe sy by die vertrek uitbeweeg.

Sy verneem by Tamar wat net praat as Abishag iets vra: Saulus is 'n welgestelde handels vennoot en een van die rykste Romeine hier. Hy glo aan afgode baie tradisies word op hulle afgedwing. Sy kan aflei dan hy geen genade het nie en ook 'n baie losbandige lewe lei.

Abishag besluit na 'n week om uit die groot huis te kom, sy moet sien hoe die omgewing rondom haar lyk. Sy voel ook vasgedruk al is die huis so groot.

Twee wagte staan aan elke kant van die groot dubbeldeure. Hulle versper haar om deur te beweeg. "Maak oop! Ek wil uitgaan!" Abishag praat soos sy voel: moeg maar vasberade. Haar diensmeisies het sy doelbewus gestuur om ander take te gaan doen, sodat sy alleen is.

Met sy voete uitmekaar staan hy stewig, sy hande in sy sye. "Laat haar gaan. Een van julle vergesel haar." Saulus se stem is ferm. Hy gee vir die een naaste aan hom 'n sakkie munte. Waar hy vandaan gekom het, kan sy nie dink nie.

Abishag sien die glimlag in sy oë. So asof hy wil sê: Kyk hoe vêr jy sal kom.

Sy loop uit en die wag is kort op haar hakke. Sy sal haar bes probeer om die wag te ontglip. Die huise nader aan die middestad is klein en op mekaar. Die straatjies smal en bedrywig.

Daar is stalletjies waar mense kruie, juwele, gekleurde kledingstukke, dierevelle en matte verkoop. Sy fokus op niks spesifiek nie, met net een doel voor oë; sy wil wegkom. Mense beweeg in groepe verby. Abishag sien die kyke van die mense soos sy deurbeweeg. Sy weet dit is omdat haar vel so bruingebrand is van te veel son. Haar arms en bene is gelukkig bedek, want blou kolle is oral sigbaar.

Sy hoor die gepraat. "Kyk, daar loop sy, Saulus se nuwe byvrou. Wat het hom besiel om 'n wingerdoppasser te vat. Hulle is glo arm mense en hy het baie vir haar betaal, haar familie wou haar nie gehad het nie." Sou dit die diensmeisies wees wat so skinder? wonder sy.

Abishag ken sulke mense. Mense wat dink hulle ken die waarheid en nooit stry jy met hulle nie. Sy ignoreer die opmerkings. Sy vra vir niks in die dorp nie al weet sy Saulus het munte gegee vir haar gebruik. Solank as wat sy kan, sal sy niks van hom neem nie.

'n Klomp kinders kom verbygehardloop en een het 'n mandjie vol appels by hom. Natuurlik by iemand gegryp en nou jaag hulle hom om dit terug te kry. Abishag sien die wag hou sy oë op haar. Hy is 'n grootgeboude man. Met die kinders se gehardloop stamp hulle aan hom en toe sy aandag op hulle rus beweeg sy baie vinnig om 'n hoek. Die smal straatjie tussen huise lyk verlate en stil en sy hardloop sonder om te dink.

Net vir 'n breukdeel van 'n sekonde kyk sy om en hardloop teen iemand vas.

"Stop! Waarheen hardloop jy so?"

Abishag kyk op in Isbel se gesig. Waar kom sy vandaan? dink sy by haarself. Haar asem jaag nog en sy probeer dit onder beheer kry.

"Jy weet jy sal nooit kan wegkom van Saulus af nie. As jy probeer weghardloop het kan jy maar nou terugkeer. Saulus het oë oral en jy sal dit nooit regkry nie." Daar is 'n frons tussen Isbel se oë en haar grys vlegsel hang by die kant van haar hoofbedekking uit.

"Ek sal liewer sterf as om net nog 'n besitting in sy kloue te wees." Abishag kners op haar tande en voel die spanning in haar nek en kakebeen. Sy begin huil van woede.

"Tel jou woorde, jy kan die lewe vir jouself baie moeilik maak. Dink jy daar was nie ander soos jy nie? Kom ek neem jou terug en dan gaan wys ek jou iets." Isbel se ou hand druk in Abishag se boarm en trek aan haar.

Abishag wil nie Isbel se voorstel aanvaar nie, maar wat kan sy doen? Hardloop sy, of wag sy vir die volgende geleentheid? Sy probeer eers haar arm losruk, maar die greep van die vrou is ferm en die erns in haar oë oortuigend.

Op die pad terug praat nie een van hulle twee nie. Die warm son brand en die sandale druk Abishag, want dit is nog nie uitgetrap nie.

Die wagte maak die voor hekke dadelik oop, nog voor Isbel enige iets te sê het. Sy is definitief 'n vrou met mag en aansien hier, dink Abishag. Sonder enige teëstand beweeg sy en Abishag na 'n donker en stink plek.

Abishag kry die gevoel dit is 'n bose plek. Onder die huis is groot oop vertrekke met staalpale as afskortings soos 'n tronk. Dis donker en die reuk van muf maak dit moeilik om asem te haal. Daar is 'n vreeslike geskree en Abishag kry hoendervleis, nie van koue nie, maar van vrees. Sy kyk, maar dit voel of haar oë haar bedrieg.

Daar sit 'n kaal, vuil vrou, met 'n ketting om haar nek. Sy skree soos 'n wilde dier en pluk aan haar woeste swart hare. Die mengsel van ontlasting en urine op die vloer slaan amper 'n mens se asem weg. Die vrou se oë is wild en die geluide uit haar keel skeur tot in jou siel. Sy spring rond voor hulle en kom onmenslik voor, meer soos 'n monster.

Abishag druk haar ore toe en knyp haar oë styf. Isbel se hande klem om Abishag se arms en forseer haar om te luister.

"Dit is Ragel, een van Saulus se vroue wat nie wou luister. Twee jaar gelede het sy probeer ontsnap. Sy het teruggepraat en eindelik in Saulus se gesig geskree dat sy hom haat. Sy was maar net sestien jaar oud toe Saulus haar as sy byvrou geneem het. Sien jy waartoe die man in staat is? Jy sal wens om regtig te sterf, maar hy sal dit nie toelaat nie. Saulus wil alles en almal om hom beheer en ongelukkig het hy die mag om dit te doen." Isbel word ook net gedwing om te doen wat sy moet; dit is duidelik.

Abishag moet die trane sluk. "Ek wil na my kamer gaan, asseblief."

Isbel praat nie 'n woord verder nie. Voor Abishag se kamer deur knik Isbel net haar kop en stap aan.

Abishag lê op haar bed, maar sodra sy haar oë toemaak, sien sy die vrou onder in die tronk met die ketting om haar nek. Dit is iemand se dogter, iemand se suster, dink sy. Hoe kan daardie man so wreed wees. Mag sy nooit daar opeindig nie, dink sy.

"Het Abba nou heeltemal van my vergeet? Wat moet ek doen? Wees my genadig en red my! Net U kan dit doen!" So pleit sy oor en oor by God om uitkoms te stuur, maar niks. Geen gevoel of teken; net sy en die vrees alleen. Eers toe dit begin lig word in die kamer oorval die moegheid Abishag.

Natgesweet en uitasem, sit Abishag regop. Sy staan op en gooi van die fles water in die wasbak en spoel haar gesig af. Haar lyf is aan die bewe. Die een ding wat sy van die huis af gebring het, vang haar oog; Ma se haarspeld met die versiering van druiwetrosse in die metaal. Dit is swaar toe Abishag dit optel en sy onthou hoe haar ma met trots vertel het dat Pa dit met hulle bruilof vir haar gegee het. Dit was as teken van hulle liefde, maar ook voorspoed.

Sy bring dit tot by haar mond en sag raak haar lippe daaraan. Sy dink aan Gideon in die wingerd en onthou sy woorde. "God is die wingerd en ons die lote. Die trosse druiwe die vrug van geloof wat aan ons sigbaar is. Maak nie saak wat gebeur nie, jou geloof kan niemand van jou wegneem nie." Sy mis hom; sy wil sterk wees maar hoe?

15

Tamar is alleen vandag. Sy lyk senuagtig toe sy praat. "Sal u omgee om saam my te stap?"

Abishag kyk haar vraend aan. "Waarheen en hoekom?"

Tamar beweeg nader aan Abishag en fluister in haar oor. "Die mure het ore."

Saam stap hulle uit na die tuin agter die huis. Dis groen met pragtige boë bedek wat bedek is met rankplante. Blomme in verskillende kleure en beelde betower Abishag se sig.

"Tamar, wat is dit wat jy vir my wil sê?"

Tamar stop by die fontein wat water in die groot onderste bak spuit. "Ek weet dit voel soos 'n doodsvonnis om in die plek te wees. Ek weet uit ondervinding hoe wreed hy kan wees. Soms wil jy net iemand hê om te vertrou, maar asseblief wees versigtig. Isbel het Saulus se vertroue gewen. Sy sal enige iets doen om dit te behou, al kos dit ander se lewens. Moet haar nooit vertrou nie. Ek moet u waarsku sy was vanoggend vroeg in Saulus se vergadering en hy wil u spreek."

Abishag trek haar asem diep in. "Wat probeer jy sê Tamar? Gaan ek nou ook in die onderste tronk gegooi word?" Die vrees vul haar wese en haar hande begin bewe.

Tamar neem Abishag aan die skouers en draai haar om sodat sy haar in haar oë kan kyk. "Dit is altyd sy laaste opsie. Hier is meisies wat mekaar help en wat u kan vertrou. Hy gaan u straf, maar ek smeek u moenie ingee nie. Met u koms het ons weer hoop gekry. Ons straf is ligter omrede sy fokus van ons af na u geskuif is. Ek bedoel dit met alle respek, maar dit sal ook weer verby gaan."

Abishag wil haar eers vererg. Verstaan sy reg as die diensmeisie sê sy is bly Abishag moet deur al die pyn gaan sodat hulle kan rus? Weet die jong meisie wat sy alles verloor het? Sy dink aan Gideon, haar ma en broers en die knop in haar keel help die trane aan wat brand.

"U sal moet gaan gereed maak en asseblief, u het niks by my gehoor nie. Vertroue in mekaar is alles hier vir ons. Sterkte, ek bid vir u." Tamar draai om en stap weg.

Hoofstuk 3

Abishag staan voor Saulus, haar oë afgewend. Hy plaas sy hand teer op haar wang. Stadig kom hy nader en soen haar. Dit is walglik en Abishag voel 'n naarheid wat opstoot, die reuk sit aan haar neus vas: dit is sweet en wellus. Hy beweeg 'n tree terug en klap haar. Die pyn brand vreeslik, maar met trane van pyn kyk sy hom stip aan.

"Jy is 'n ongehoorsame vrou en ongehoorsame vroue word gestraf." Hy lag asof iets baie snaaks kan wees. Sy weet hy wil haar verneder. "Wat het jy vir jouself en natuurlik vir my te sê?"

Sy weet wat goed is vir haar, maar met gebalde vuiste langs haar sye kom die woorde vanself. "Ek het gedoen wat ek gedoen het, want dit was nooit my keuse om hier te wees nie en ek verkies die lewe wat u my bied, glad nie."

Saulus se gesig verkleur van woede. "Jy het geen wil of sê nie! Selfs jou ma en broers kon nie wag om ontslae te raak van jou nie. Jy behoort my voete te soen van dankbaarheid. Julle is almal so; ondankbare honde. Ek weet wat jou bietjie meer dankbaar sal maak." Hy wys met sy vinger in die lug dat een van die wagte moet kom.

Die wag kom nader en na 'n paar woorde van Saulus af, neem hy Abishag uit. Sy baklei terug en skree, maar die wag is sterk en hy tel haar op soos 'n veer.

Toe hulle buite kom, sien sy dat hulle deur die tuin stap. Die gefluit van voëltjies is hoorbaar in die bome. Dit is 'n pragtige dag, maar nie vir Abishag nie. In 'n geboutjie aan die einde van die tuin versteek met bome en plantegroei sit hy haar hardhandig neer. Aan haar regterkant is stalle waar perde aangehou word. Sy val op haar boude en die vloer is koud.

Toe sy opkyk is die wag weg, maar die bekende gesig is voor haar. Sy sien die oë wat sag en genadig gelyk het, maar dit is nou hard; koud en wreed. Isbel staan met 'n voorwerp wat soos 'n sweep lyk. So gou as wat Abishag kan, kom sy op haar voete en beweeg tot teen die muur agter haar.

"Wat gedoen moet word sal ek doen. Jy het seker geweet jy kan nie maak wat jy wil nie. Gehoorsame mense word beloon en ongehoorsame mense moet die gevolge dra. Trek uit! Alles!" Isbel lig die sweep om te wys sy moet dit doen.

Abishag neem te lank en die eerste hou val op haar rug. Dit brand en vir paar tellings hou Abishag haar asem op. Die pyn is iets anders as wat sy al ooit ervaar het. Die hou wat volg is nog erger en later hou sy op tel. Stukkend en seer lê sy op die kaal vloer.

Isbel kom nader en kyk haar van bo af. "Ek hoop nie dit is weer nodig nie." Sy slaan die deur behoorlik toe en Abishag hoor hoe dit gesluit word.

Dis koud en alleen. Sy vou haar arms om haar lyf en die stukkende vleis brand toe sy daaraan raak. Daar is bloed aan haar vingers. Adrenalien of woede beweeg deur haar liggaam. Sy gaan staan voor die houtdeur en haar vuishoue hamer teen die deur neer. Sy wil die deur afbreuk en Saulus in die gesig slaan.

"Stop! Abishag! Jy moet ophou. Word rustig asseblief." Tamar is vasberade om Abishag tot bedaring te bring.

Abishag staan stil by die deur en luister, maar haar hart hamer nog in haar borskas. Haar asem jaag soos een wat kilometers vêr gehardloop het. Warm trane brand haar wange en drup op die stowerige vloer.

"Ek kan nie net stilsit en hulle sin vir hulle gee nie. Ek sal nie net oorgee nie." Abishag is onseker van haarself, maar iets binne haar wil terug veg vir haar lewe.

"Jy gaan jou eie einde beteken! Word net rustig en dink mooi. Ek moet gaan voor hulle my hier vang. Ek bring later kos as ek kan."

Tamar word stil en die voetstappe is hoorbaar waar Abishag nog teen die deur luister. Sy sak net daar neer.

Sy moes aan die slaap geraak het, so sittend op die kaal vloer. Van haar klere se materiaal het in die wonde drooggeword en sit vas. Dit trek pynlik toe sy beweeg om op te staan. Geen kos, water, of vars lig nie. Haar maag grom en die droogheid in haar mond laat haar tong soos gom aan haar verhemelte vassit. Sy voel swak en sluimer weer in.

In haar droom sit Gideon sit langs haar. Sy voel sy wonderlike aanraking; sy asem in haar nek naby haar oor.

"Wees sterk, my liefling. Ek het jou so gemis. Dis amper alles verby," hoor sy hom sê en sy sien hoe hy opstaan en by die deur uitstap. Die deur staan wawyd oop en die helder sonlig skyn in. Sy wil saamgaan, hom volg, maar haar bene is te swaar. Sy roep na hom en skrik. Saulus staan daar in die deur.

"Kyk hoe lyk jy! Nou kom die ware kleure te voorskyn. Ek weet nie vir wat het ek so aangegaan om jou te kry nie. Ek skaam my vir jou." Hy spoeg net langs haar en die slymerige vloeistof lê soos 'n vernedering langs haar.

Sy sukkel met moeite om met een hand teen die muur orent te kom. Haar bene bewe onder haar.

"Nou laat my gaan, vir wat aanhou met die speletjie?" Sy klink sterker as wat sy voel.

Hy lag weer soos net hy kan; die lag wat Abishag so irriteer en laat kwaad word. "Nooit, jy skuld my, onthou. Ek het baie betaal vir jou en ek skrik nie vir 'n uitdaging nie.

'n Rowwe diamant wat ek gaan slyp, dis wat jy is." Hy verlekker hom, want sy oë blink en sy mondhoeke al hoër beweeg asof hy uitsien na iets.

Sy gaan nie met die man redeneer nie en sak net weer terug op die grond. Haar kop rus op haar knieë en sy voel hoe haar rug pynlik trek waar elke hou haar vel oopgekloof het. Sy kyk nie na Saulus nie, maar sit roerloos totdat hy omdraai en uitstap. Die deur klap toe en die sleutel knars hoorbaar in die slot.

Hoeveel dae verloop, weet sy nie, want sy het realiteit met tyd verloor, maar uiteindelik gaan die deur weer oop. Abishag knyp haar oë toe, want die son verblind haar.

Dis 'n man wat haar kom haal. Sy ken hom nie, maar hy is nie soos die ander nie. Hy skree nie as sy te lank neem nie. Hy ruk haar nie rond en druk haar oë toe nie.

"Kom, ons sal moet gaan. Jy lyk vreeslik." Hy is vriendelik maar sê nie sy naam nie.

Sy is net dankbaar dat sy ook nie omgee wie hy is nie. Sy hou haar oë op die grond toe hulle deur die tuin stap. Sy besef nou hoe swak sy is. Dis moeilik om een been voor die ander te sit.

Saulus wag in die voorportaal. Die slaaf waai die takke om koelte vir hom te bied, maar steeds hardloop die sweet by sy slape langs sy gesig af. Hy staan hande in die sye vir hulle en wag. Die man los haar daar en verdwyn in die huis se gang.

"Gaan was jou en trek skoon aan. Ek kan sien daar moet luise in daardie gekoekte hare van jou wees. Isbel sal kom help. Ek sal vir haar sê om van die hare ontslae te raak." Hy beweeg verby haar en stap by uit die deur waar hulle ingekom het.

Abishag wys geen emosie, iets wat sy geleer het in die stilte en alleenheid. Stadig stap sy na die baddens; dankbaar om te leef.

Hoofstuk 4

Isbel trek haar asem diep in en die skok is duidelik op haar gesig te sien. Abishag se maer lyf bewe en elke ribbebeen is duidelik sigbaar. Daar is swere op haar arms en bene. Isbel se oë is rooi en nat toe sy Abishag in die water help. Sy werk sag met haar en lyk bang so asof sy sal breek toe sy met 'n lap oor Abishag se rug was.

"Moet asseblief nie my hare afsny nie ... ek kan nie dit ook laat gaan nie." Abishag praat in frases asof haar asem kort is.

"Ek is jammer ek sal moet al wil ek nie. Kom nou, jy lewe darem nog."

Sonder teëstand of baklei sit Abishag terwyl trane op haar skoot val. Sy wil nie sien hoe sy lyk nie, want slawe se hare word afgeskeer. Geen waardigheid meer oor nie, weet sy nie meer wie sy is nie. Alles van wie sy as Abishag is, word gestroop.

Isbel staan terug kyk Abishag aan en kom nader. Sy sit die mes neer, plaas haar hande om Abishag se wange en soen haar voorkop.

"Ek het iets vir jou," sê Isbel en haal die pragtige kopdoek met goud en koningsblou detail van haar kop af. Soos 'n moeder bind sy die kopdoek om Abishag se kop en glimlag. "Jy bly pragtig en is 'n sterk vrou Abishag, jy sal weer opstaan." Sy tel haar goed op en stap weg. Abishag sien die lang grys vlegsel wat verdwyn by die deure uit en wonder hoe Isbel hier beland het.

In haar kamer is daar 'n wit hennablom op haar kussing en die geur omvou haar. Sy voel vir die eerste keer na alles weer veilig en gaan lê op die sagte bed. Net toe sy insluimer is daar 'n klop aan haar venster. Stadig beweeg sy nader en sien dis die man wat haar uit die gebou in die tuin kom haal het. Hy lyk anders as die ander mans wat vir Saulus werk, nederig. Hy steek sy hand na haar uit. Toe sy sien wat hy het is sy verbaas. Dis haar ma se haarspeld met die druiwetrosse. Sy kyk hom met afwagting aan. "Ek moes alle persoonlike besittings verwyder uit jou kamer vir Saulus en ek het gedink die moet vir jou baie beteken."

Sy glimlag. "Dankie, dankie! Ja dit is kosbaar vir my. Baie dankie."

Hy knik sy kop en voor hy gaan sê hy. "Ek is Aksel." Sy beweeg terug weg van die venster af. Sy druk die haarspeld teen haar bors vas. Iets van die verlede toe sy nog gelukkig was.

Tamar is vroeg nog voor die son behoorlik op is by Abishag en sy lyk opgewonde. "Ons gaan vandag uit, vars lug is net wat u nodig het."

"Wat, Saulus sal mos nooit dit toelaat nie? Waarheen? Kyk hoe lyk ek." Abishag se hande is albei op haar kop. "Kry jy nie skaam om so saam my uit te gaan nie?"

Tamar staan nader en neem haar meesteres se hand, soen dit sag. "Jy lyk vir my pragtig met of sonder hare. Kom ons mors tyd, Saulus is in 'n goeie bui. Dis gewoonlik wat hy doen, straf jou tot amper dood en dan die kamstige goedhartigheid. Dis sy manier om jou te toets: hy kyk of jy nou sal luister of nog krag het om te baklei."

Aksel volg hulle en die eerste keer voel Abishag lig en of sy asem kan haal. Hulle stap deur die dorp na die oopte. Dis nie so warm soos in Galilea nie en net buite die stad is dit pragtig.

Tamar hak haar arm by Abishag in. Diensmeisies doen nie dit gewoonlik nie en ken hulle plek, maar Abishag gaan nie kla nie. Sy sien reeds vir Tamar as 'n vriendin. Aksel loop doodstil agter hulle. Daar is olyfboorde weerskante van die paadjie.

"Ken jy Aksel? Ek het hom nog nooit voor-heen gesien nie." Abishag is in verwondering met die natuur en voel ontspanne.

Tamar glimlag en Abishag sien haar oë wat blink. "Hy is nog nie lank in diens van Saulus nie." Sy loer na agter waar Aksel aankom. "Hy is baie vriendelik en glad nie soos die ander nie. Ons gesels so nou en dan as ons van diens af is."

Abishag stamp liggies aan Tamar. "Wel dit lyk asof jy iets vir hom voel."

Tamar hakkel. "Moenie laf wees nie. Ek ken hom skaars."

In 'n oopte net buite Jerusalem in die ooste, sien hulle die Olyfberg en Kidrod vallei wat hulle skei. Abishag trek haar asem diep in, die lug vars.

"Dis so mooi hier." Sy maak haar los van Tamar en draai in die rondte. Sy glimlag en haal die kopdoek van haar kop af. Kaalkop lig sy haar hande na bo en begin sing. Aksel en Tamar staan en kyk na haar en in die oomblik lyk sy grasieus en swierig. Die pyn en las is in daai oomblik van haar skouers af.

"Abishag, Abishag staan stil." Aksel praat in 'n benoude fluisterstem.

Sy kom niks agter nie en Tamar vat haar om die lyf. Sy plaas haar wysvinger op haar mond om vir Abishag te wys om stil te bly.

Nie vêr van hulle staan 'n leeumannetjie. Hy is rooibruin en sy maanhare wat om sy nek hang is die kleur van sand met swart. Dit lyk of hy oor 'n meter hoog staan. Die son laat sy lyf silwer skyn. Hy kyk direk na hulle.

Aksel is die een wat naaste aan die dier is. Hy haal sy dolk uit en beweeg stadig nader.

Die leeumannetjie stap nader in Abishag en Tamar se rigting. Abishag staan stil en kyk die dier vas in die oë. Sy begin haar hande klap en swaai dan bo haar kop. Tamar en Aksel kyk haar aan, hulle borskasse beweeg ritmies op en af soos hulle asemhaal; versteen te geskok om enige iets te doen.

Stadig draai die leeu om en stap weg. Tamar gaan sit op die grond. Haar hand op haar bors so asof sy haar hart wil vashou.

"Waar het jy dit geleer? Ek het dit nog nooit gesien nie."

"As wingerdoppasser moes ek baie keer diere in die oë kyk. Jy leer dit in die natuur. Die dier moenie sien jy is bang nie en hy moet sien jy is groter as hy. As ons ons rug sou draai of hardloop, sou ons al drie bokveld toe gewees het."

Aksel bêre sy dolk en vee die sweet af. "Wil julle vrouens nou nie maar terug huis toe gaan nie? Dit is nie gepas vir julle om hier rond te dwaal nie. Julle ken nie al die gevare nie. Die boewe gaan ons nie so genadig wees soos die leeu nie."

Abishag kyk na Tamar vir antwoord en word bewus van haar kaalkop. Sy tel die doek op en begin dit weer om haar kop draai, maar sukkel.

Tamar staan op en terwyl sy haar help praat sy. "Nee, ons wil nog eers onder 'n boom sit en eet. Dit is so min wat ons uitkom en jy moet ons mos oppas, so laat ons toe om die tyd te geniet. Ek dog Saulus se wagte het nie 'n bang haar op hulle kop nie."

Onder 'n groot boom gaan sit al drie; die tyd van die dag is die son hittig. Die digtheid van die boom se blare bied lieflike koelte. Tamar gee brood uit haar sak vir hulle aan. Daar val 'n ongemaklike stilte en Abishag praat eerste.

"Aksel, hoekom werk jy vir Saulus van alle mense?"

Hy lyk verbaas en sy sien die lyn tussen sy oë. "Dit is nie iets waaroor ek trots is nie en sal verkies om nie daaroor te praat nie." Hy staan op en gaan staan eenkant weg van hulle af terwyl hy langtand aan die brood in sy hand kou. Dit lyk of hy diep dink.

Abishag voel sleg oor haar voorbarigheid en wens sy het stilgebly.

"Wat het met hom gebeur? Hy lyk ontsteld. Ek het nie gedink hy sal so reageer nie." Abishag kyk na Tamar vir antwoord.

"Sal u dit los? Dit is vir niemand van ons lekker om in Saulus se greep te wees nie. U weet, ons almal is hier as gevolg van iets wat gebeur het."

"Kom! Dit is tyd om terug te gaan." Aksel jaag hulle aan en sy stemtoon is kortaf. Hy lyk nie meer na die vriendelike man van vroeër nie.

In stilte stap hulle terug. Toe hulle binne die huis instap is die atmosfeer snybaar. Dit is doodstil, geen diensmeisie of wag is sig nie. Aksel wys vir hulle om stil te staan en hy beweeg alleen vorentoe.

Hoofstuk 5

Tamar en Abishag staan teen die muur van die voorhuis met hulle arms inmekaar gehaak. Iets vreeslik is hier aan die gang en 'n oomblik ervaar Abishag tog hoop. Dalk is Saulus en almal weg en is sy vry om te loop van die plek af. Dalk is Saulus dood en almal het besluit om te gaan; maar so gelukkig is sy toe nie.

'n Meisie sonder 'n draad klere kom ingehardloop by die oop voordeure. Sy is vol bloed en skree. "Help my! Hy gaan ons almal doodmaak."

Abishag en Tamar beweeg weg van mekaar af en kyk die vrou aan wat hulle erken as een wat in Saulus se diens is. Sy werk in die gebou buite die huis wat as kombuis dien.

Versteend sien hulle die verwilderde kyk in haar oë en toe kom die wag agter haar tot stilstand. Hy deurboor haar met sy swaard en toe hy sy swaard uittrek val sy dood op die grond voor hulle voete. Die wag hou sy swaard nog in die lug terwyl onskuldige bloed op die grond drup.

"Stap voor, wat soek julle hier alleen?"

Hy gee nie tyd vir terug antwoord nie. Tree vir tree stap hulle na die onbekende, wrede gebeurtenis in.

Buite in die opelug, sit Saulus by 'n gedekte tafel. Baie mense is daar. In die middel gaan iets aan, maar dis moeilik om te sien met al die mense. Saulus sien nie Abishag en Tamar is daar nie.

Toe daar 'n triomfantlike geskree is en mense weg beweeg, sien Abishag die bloed en een man lê lewensloos op die vloer. Die ander een met sy voet op die persoon se bors en sy hande in die lug. Sy hoor Saulus se uitbundige gelag en dis duidelik dat hy te veel wyn gedrink het.

Die mense beweeg weg en die dooie persoon word weggedra. Diensmeisies hard-loop met emmers water om die vloer skoon te maak. Abishag kan net dink hoe vreeslik dit moet wees om iemand wat nou net gelewe het, se bloed af te was.

Saulus lag en eet. Hoe hy nog kan eet, maak Abishag naar. Die man is definitief onstabiel en gevoelloos. 'n Meisie kom staan langs Abishag. Daar is nie spasie om weg te beweeg tussen die mense nie. Abishag voel die elmboog wat haar die heeltyd stamp. Toe sy haar gesig draai wys die meisie dat sy iets wil sê.

"Maak seker Tamar kom weg. Saulus gaan haar vandag vermoor voor almal." Abishag wil nog iets terug sê, maar sy verdwyn tussen die mense. Abishag se hart hamer in haar binneste en sy voel benoud. Na 'n geskarrel sien sy haar staan.

"Tamar, kom ons moet gaan." Tamar skud nog haar kop toe Abishag haar hard aan die arm gryp. "Kom!"

Dit is 'n gesukkel om weg te kom en uiteindelik staan hulle stil om eers asem te skep.

"Wat gaan aan?" Tamar lyk verward.

"Ons moet seker maak jy kom weg, Saulus wil van jou ontslae raak. Ek het nie al die details nie, maar 'n meisie het my kom waarsku. Wat gaan ons doen?"

"Dis belaglik, waarom sal hy dit wil doen? Waar sal ek heengaan?" Sy kyk beangs na Abishag. Hulle hardloop in geen spesifieke rigting nie, en kom tot rus agter die perde se stalle. Nie lank nie of hulle hoor die harde voetstappe van wagte.

Aksel en nog twee wagte kom aangestap. Tamar se oë is groot en bang en sy klou aan Abishag vas soos 'n klein dogtertjie. Sy weet nou hulle is hier vir haar. Wie ook al die boodskap oorgedra het, het die waarheid gepraat.

"Nee! Los my!" Tamar spring op en begin hardloop in die oopte in die dik muur se rigting. Die wagte vang haar en dra haar verby Abishag. Sonder enige woorde loop hulle met haar in die rigting van die samekoms. Abishag volg en toe sy naby genoeg is maak sy oogkontak met Aksel.

"Moenie, asseblief hulle gaan haar dood-maak!"

Aksel se voorkop is vol sweetdruppels. Sy oë vol jammerte. Hy antwoord haar nie.

Hulle plaas haar in die middel waar almal kan sien, tipies Romeins. Hulle bring hulle arenas en gevegte vir vermaak hiernatoe. Saulus staan op van sy stoel.

"Tamar, Tamar ... wat het jy gemaak?"

Sy huil en val op haar knieë neer. "Asseblief ek smeek u, ek weet nie."

Hy stap om die tafel en die toeskouers maak 'n paadjie sodat hy deur kan beweeg.

"Jy het gedink jy kan onder my neus konkel en ander opstook. Jou geheimsinnige praatjies het tot die lug gekom. Jou verliefdheid op een van die wagte het jou te veel selfvertroue gegee. Ek weet jy stook ander op teen my en versprei stories rond." Saulus wys met 'n knik van sy kop en Isbel staan nader.

Isbel kom sterk voor en sonder huiwering begin die sweephoue een vir een oor Tamar se liggaam val. Trane en bloed vloei in oorvloed en die toeskouers se pyn vir Tamar is hoorbaar. Ander skree van verbasing en plesier.

Abishag beweeg tot by Saulus. Sy besef meteens, dat sy alles in haar vermoë sal doen om ander wat vir haar iets beteken, veral haar vriendin, Tamar, se lewe te red. Sy sal moet sterk wees terwille van ander.

"God help my," sê sy in 'n fluistering. "As u Tamar laat leef sal ek doen wat u vra. U kan met my maak wat u wil, maar moenie dit doen nie. Stop die marteling nou."

Saulus glimlag en neem eers 'n oomblik toe hy afkyk na haar. Hy fluister in haar oor net hoorbaar bo die skare. "Jy sal nog lank dit berou, maar uiteindelik sien jy wie is in beheer en dat alles 'n prys het."

Abishag dink dat net God in beheer is en dat Saulus se dag sal kom. Sy glimlag en so moeilik as wat dit is, soen sy hom op die wang.

"Stop! Stop! Laat haar gaan!" roep Saulus uit.

Die mense kyk almal verbaas na hom en sommige loop weg, teleurgesteld dat die opwinding verby is. Selfs Isbel is verbaas dat Saulus die marteling gestop het. Tamar lê asof dood bebloed op die vloer.

"Maak skoon en versorg die vrou as sy nog lewe." Saulus praat met gesag; 'n oorwinnaar.

"Abishag, gaan maak gereed en kom na my kwartiere net na sonsondergang. Jy sal moet betaal." Saulus gaan sit weer en twee wagte volg hom.

Abishag hardloop en buk by Tamar. Net vir 'n sekonde maak Isbel met haar oogkontak. Abishag se vingers sag op Tamar se nek. Skaars 'n klop van lewe. "Sy lewe nog! Sy lewe!"

Dit voel of almal te stadig beweeg, Abishag wil op hulle skree om haar vriendin te help. Hulle is vier vroue wat Tamar moet dra. Sy is swaar en beweeg nie. Sy maak nie eers haar oë oop nie. Isbel verdwyn tussen al die geskarrel deur.

Abishag is vasberade om van nou af 'n verskil te maak. Dit doen iets aan jou as jy sien hoe iemand anders besig is om te sterf en hulle lewe verloor voor jou oë. Dis asof iets haar hele wese gevul het met een doel, natuurlik ten koste van haarself. As sy net een mens uit die kloue van die vyand kan red; natuurlik, Saulus, die wrede Romein.

Abishag gaan na haar kamer, nog geskok en afgemat na al die gebeure. Uiteindelik het sy klaar gewas en aangetrek vir die afspraak met Saulus. Sy sal iewers binne haarself 'n plek moet skep waar sy vir die tydperk saam hom haarself kan wegvoer van die werklikheid. Dit moet wees soos om jou liggaam te los en in 'n ander lewe in te stap. Sy besluit om dit vandag te probeer.

Sy dink aan Gideon en die wingerde by haar huis. Sy kan die lelies ruik, die soet druiwe-korrels proe. Sy sien Gideon se oë en hoor sy stem in die wind. Hoe hulle speel mekaar; terg en lag oor eenvoudige dinge. Sy is terug waar sy wil wees naby haar geliefde al is dit net vir 'n oomblik.

Toe Abishag by Saulus instap glimlag sy. Sy straal met iets binne haar wat helder na buite wys. Sy sien die verbasing in sy oë.

"Is jy bedwelmd of voel jy siek?" Saulus lyk bekommerd, natuurlik vir sy onthalwe.

"Ek is hier tot u diens." Sy beweeg nader tot hy haar asem op sy vel kan voel. Hy neem die uitnodiging.

Hoofstuk 6

Buite in die tuin sit Abishag en kyk na die wolke wat soos strepe wit teen die blou lug lê. Sy praat sag met God en maak haar hart leeg. Daar is nuwe emosies binne haar, sterk hoop en afwagting waarvan sy nie voorheen bewus was nie.

"God wat hemel en aarde gemaak het, wys vir my wat ek moet doen. Ek wil nie hier sterf nie en dink ook aan al die mense se lewens wat hierdie man verwoes."

Sy voel die hand op haar skouer en skrik. Dis Saulus wat langs haar kom sit. "Die tuin is altyd die beste plek om te dink. Jy lyk uitgerus na gister. Ek is bly jy het eindelik tot jou sinne gekom, dit pas mooi by jou."

Abishag vertrou nie die skielik omgee nie.

"Ja, ek is. Wat wil u van my hê?" Sy voel angstig in sy nabyheid.

"Mag ek nie net tyd saam jou spandeer nie, hoekom altyd op die aanval wees? Ek wil immers net weet of Isbel met jou gepraat het?" Saulus se groot hand rus op haar been. Sy word bewus hoe sy hand al stywer om haar been druk.

"Nee, ek het haar dae laas gesien. Sy praat bitter min met my." Abishag kyk in sy oë juis om vir hom te wys sy is nie bang nie en steek niks weg nie.

Saulus staan op en net voor hy wegloop sê hy. "Sien jou vanaand. Moenie laat wees nie."

Toe Abishag in die huis instap, hoor sy die geween en daar is 'n geskree van iemand in pyn. Sy stap na die hoorbare geluide. Die deur is toegetrek en sy weet om nie toe deure oop te maak nie, maar sê nou iemand het hulp nodig.

"Uit! Wat soek jy hier binne? Kan jy nie sien die deur is toe nie?" Isbel verskree haar.

Abishag sien vir Deborrah, Saulus se jong vrou op die bed lê. Daar is bloed en sy gil terwyl sy haar maag vashou.

"My baba! Help! Ek gaan my kind verloor. Dis nog nie tyd nie!" Deborrah skree weer van pyn wat deur haar sny.

Abishag kom tot langs die bed en maak die lap nat met water en vee haar voorkop af. Isbel kyk Abishag met haat aan. "Loop, ons sal regkom. Jy hoort nie hier nie!"

Sy maak of sy Isbel se woorde nie hoor nie. Die vrou gee een harder gil en 'n té klein baba glip by haar bene uit. Nog nie reg vir die wrede wêreld nie, word die babaseuntjie dood-gebore.

"Ek wil my baba sien, asseblief moenie hom wegvat van my nie," pleit Deborrah moeg.

Isbel vou die kind toe in bloederige lappe en sonder 'n woord staan sy op en verlaat die kamer.

Deborrah word histeries en wil opstaan, maar is te swak. Abishag probeer haar kalmeer, maar sien ook al die bloed en besef sy sal moet help of die vrou gaan haar doodbloei. Sy probeer alles moontlik en gaan roep die diensmeisies om te kom help. Isbel is weg met die baba en niemand kan haar kry nie.

Die ma sterf van te veel bloeding, sonder dat Abishag iets kan doen.

"Dit was 'n miskraam," sê Isbel veel later.

Saulus het almal uitgejaag, want nie een van sy kinders word lewend gebore nie. Hy glo vas die gode het iets teen hom. Hy lyk nie eers bekommerd dat die pragtige jong vrou oorlede is nie.

Abishag voel aan dat daar meer aan is as die eenvoudige verskoning van Isbel. Sy weet ook dat daar net een in beheer is van lewe en dood.

Niks of niemand praat weer van die moeder of haar baba nie.

Abishag sien Tamar wat nog swaar loop met 'n mandjie vol linne en val langs haar in "Hoe voel jy?"

Tamar se stem is anders, bedroef en hees toe sy antwoord. "Ek lewe, maar sal nooit weer dieselfde wees nie. Wat is die punt as jy heeltyd moet vrees vir jou lewe. Aksel het ook nog nie 'n woord met my gepraat nie, seker bang hy word doodgemaak. Wat is 'n lewe sonder liefde?"

Sy dwing Tamar tot stilstand. "Jy is regtig verlief op hom? Dalk kort hy net kans om alles te oordink. Ek kon nie toelaat dat jy van my weggeneem word nie, jy weet jy is al wat ek het?"

Tamar sluk hoorbaar trane. "Niks maak meer saak nie; ek is moeg. Verskoon my asseblief, hier is baie werk." Sy stap weg.

Abishag soek vir Aksel. Sy sal self met hom praat. Sy kry hom naby die kwartiere vir die slawe en wagte buite die huis en weet sy hoort nie hier nie. Toe hy na haar kant toe kyk, wink sy hom nader.

"U hoort nie hier nie. As van die ander u sien, is ons albei in groot moeilikheid."

"Ek moet met jou praat. Kry my vanaand by my venster. Ek sal wag." Sy draai om en loop terug huis toe.

Almal praat sag oor Saulus se donker gemoed. Hy is buite homself oor die feit dat nog nie een van sy vroue vir hom 'n kind in die wêreld kon bring nie. Hy drink te veel en Isbel wag Abishag in toe sy by die huis instap.

"Waar is jy as mens na jou soek? Jy sal Saulus moet kalmeer. Gaan praat met hom. Hy sal dalk na jou luister. Hy kan gevaarlik word as hy in so bui is en laas het dit nie goed afgeloop nie. Dis die eerste keer wat hy so erg rou oor 'n dooie kind. Ek weet nie wat gaan met hom aan nie," beveel Isbel bekommerd.

"Ek weet nie wat om vir hom te sê nie. Wat as hy dit op my uithaal? U sê hy is gevaarlik, so waarom dit op my plaas?" Abishag skud haar kop terwyl sy praat.

"Ek het gesien hoe hy na jou kyk, bedek jou hoof, trek vars aan en doen dit net. Jy het nie 'n keuse nie. Jy is al een wat dit sal kan regkry om hom te kalmeer. Hy kort afleiding."

Sag klop Abishag aan Saulus se deur, maar niks. Sy klop weer, maar harder die keer. Sy wou al omdraai toe Saulus die deur oopmaak. Sy oë is rooi, sy hare deurmekaar en die glimlag wat sy haat is weg. Hy kyk haar op en af.

"Ja! Wat soek jy hier?"

"Kan ek u vra om in te kom? Ek weet as 'n mens so voel wil jy nie alleen wees nie. Ek sal net by u sit as dit vir u so aanvaarbaar is."

"Wat weet jy hoe ek voel?" Saulus beweeg tog weg van die deur af om haar in te laat.

Abishag merk die breekware op, stukkend op die vloer. Die reuk van wyn en vrugte wat te lank gestaan het, hang skerp in die lug. Hy het seker almal verbied om skoon te maak, of verskreeu om hom alleen te laat. Sy sien die klein afgodsbeelde ook en voel jammer vir die man se onkunde in lewenslose, mens-gemaakte beelde.

Sy gaan sit op die bankie wat opgestop en pragtig in blou oorgetrek is, voor die bed. Hy volg haar voorbeeld en gaan sit langs haar. Hy praat niks terwyl hy so naby haar sit nie.

"U kan met my praat as u wil. Ek luister." Abishag voel hoe bewe dit binne haar, want jy weet nooit hoe jy dit met hom het nie.

Hy laat sak sy kop in sy hande, asof hy te swaar gedagtes het. "Ek is 'n Romein wat nooit hierheen moes kom nie. Die plek is vervloek ... ék is vervloek."

"Daar is 'n doel met alles, al is dit moeilik om te verstaan." Abishag praat sag, want sy weet die man is onvoorspelbaar. Saulus kyk na haar en rus sy kop op haar skouer. Sy streel sy kop soos 'n ma wat haar seuntjie vertroos.

"Nog nie een van my vroue kon vir my 'n kind gee nie. Net as ek opgewonde word, gebeur dit. Daar gaan nie 'n nageslag vir my wees nie."

Saulus kyk op na haar en daar is iets anders in sy oë ... boosheid. Dis asof hy besef hy lyk sag en kwesbaar. Hy staan op en kyk haar van bo af aan. Hy draai sy rug neem een van die kleibeelde en gooi dit stukkend teen die muur. "Loop! Gaan uit!"

Sy staan op en met skok oor sy gedrag, stap sy stadig by die deur uit. Sy sal nooit hieraan gewoond kan word nie.

Hoofstuk 7

Abishag merk die vroue op wat in 'n groep staan en praat. Toe hulle haar opmerk bly almal stil.

"Abishag, kom hoor hier." Mara, wat ook in die kombuiswerk, wys sy moet nader kom. Hulle maak vir haar plek in die sirkel waar hulle naby die put staan.

"Ons weet ons kan jou vertrou en ons het nie 'n stem of die reg om iets te doen nie. Isbel is besig met iets onheilsaam en boos. Wanneer die vroue van Saulus sê hulle vermoed hulle is swanger, gee sy vir hulle kruie om te drink. Van ons het dit al self gesien. Sy belowe hand en mond dit is goed vir die baba en sal hulle sterk kinders laat hê, maar ons weet dit is nie die waarheid nie."

Abishag luister en dit laat haar aan arme Deborrah dink. "Hoekom dit vir my sê? Daar sal moet bewyse wees. Julle weet Saulus sal haar laat doodmaak as hy dit uitvind."

Die vroue praat almal gelyk en, al weet hulle van hierdie dinge, is hulle bang vir Isbel.

"Luister, moenie oorhaastig wees nie en praat niks verder hiervan by ander nie. Ons moet saamwerk as ons 'n verskil wil maak, maar wat sal haar rede wees om dit te doen?" Abishag kan nie self dink wat haar dit sal laat doen nie, Isbel is dan so getrou aan Saulus.

"Ons weet nie, maar daar is stories dat Isbel 'n groot liefdesteleurstelling gehad het en dat sy verlief is op Saulus, maar dit nie een van ons kan dit glo nie. Sy is baie ouer as hy en hy het nog nooit dit laat bleik dat hy in haar sal belangstel nie," antwoord Mara. Sy is duidelik die woordvoerder van die vroue.

Wagte kom geselsend nader en soos jy mes sê beweeg die vroue weg. Abishag voel tog trots dat hulle haar vertrou. Sy, een van Saulus se byvroue, konkel met die werkers; van hulle skoonmakers en ander wat in die kombuis werk. Sy wil nie eers begin dink wat die gevolge kan wees nie.

Aksel is al een van die wagte wat naderstaan om met haar te praat. Hy wag tot almal weg is voor hy praat. "Watse gepratery is dit met die werkers? U weet dit is nie gepas nie."

Abishag glimlag. "Ek dink nie dis onvanpas nie. Ons vroue hou van gesels en daar is niks verkeerd met onskuldige praatjies nie."

"Hoe gaan dit met Tamar? Ek wil nie vir haar onnodige moeilikheid veroorsaak nie. Ek kan nog steeds nie verstaan hoekom Saulus so opgetree het nie."

Sy was reg. Die man gee tóg om vir Tamar. Sy voel die opgewondenheid binne haar, want niks kan die liefde blus nie; selfs nie Saulus of die dood nie. "Dit gaan goed met haar. As jy wil kan ek vir haar 'n boodskap gee ... of nee, ek het 'n beter plan. Ek sal haar vra om my in my kamer te kom help. Jy kan haar dan persoonlik kom ontmoet by die venster. Niemand sal iets vermoed nie."

Aksel glimlag en Abishag sien hoe aantreklik hy is. "Ek sal kom sodra die son gesak het. En dankie, Abishag, dit beteken baie vir my."

Abishag voel lig en gelukkig te midde van ander gedagtes. Die hele storie van Isbel is gevaarlik en kan nagevolge hê as dit verkeerd uitdraai.

Tamar is besig om linne weg te pak en daar is nog ander diensmeisies naby. "Tamar ek het jou hulp nodig.

Sal jy my asseblief kom help?" Abishag probeer so ernstig moontlik klink.

"Kan ek asseblief verskoon word en liewer vir Priscilla vra om u te help? Ek het nog so baie werk."

Abishag plaas haar hande op haar heupe. "Onder geen omstandighede. Ek sal dit waardeer as jy self kom. Dit is ongehoord om so met my te praat."

Tamar lyk afgehaal. Haar oë moeg. Abishag weet sy sal bly wees as sy die waarheid sien. Tamar sit die oorblywende linne in Pricilla se hande en stap agter Abishag aan tot in haar kamer. Toe die deur toe is, begin Abishag lag.

"Wat is dit?" Tamar kyk haar verbaas aan.

"Kom sit hier langs my, jy kan ontspan. Jy sal sien wat gebeur."

Toe Abishag die klop aan die venster hoor staan sy op. "Gaan kyk wie is daar. Ek is nou weer terug." Sy staan op en stap uit.

Toe Abishag om die hoek van die gang kom loop sy haar vas in Isbel. "Abishag, nou toe nou. Ek hoop nie jy en daai diensmeisietjie is besig met iets onheilig nie. Wat maak sy die tyd in jou kamer?"

Abishag se gedagtes hardloop rond opsoek na 'n geldige rede. Diensmeisies kan natuurlik benodig word om skoon linne of kos in kamers te sit, maar die uur van die dag maak dit onwaarskynlik. Hulle sal sekerlik ook net hulle werk doen en loop; nie agter bly sonder goeie rede nie.

"Ek is siek, en kon myself nie help nie. Die naarheid kom al dae lank aan en ek het gemors. Ek het Tamar gevra om my te help. Ek moes net vars lug kry terwyl sy skoonmaak, die reuk is onaangenaam en maak die siekte erger. Ek is seker sy is nou klaar." Abishag draai terug om te loop, maar Isbel voel nog nie tevrede nie.

"Jy lyk nie vir my siek nie. Ek hoor maar so tussen die ander, jy dring aan op net Tamar se hulp. Jy weet Priscilla is ook as jou diensmeisie aangestel. Die meisies verdink reeds julle twee van 'n gekonkel."

"Ek dink dit is seker my keuse wie ek vra om hulp? In elk geval Tamar was lank af. Sy moet inhaal vir die dae wat sy gerus het." Abishag se oë wyk nie van Isbel af nie.

"Nou goed. Die naarheid is nie dalk iets anders as 'n omgekrapte maag nie? Jy dink nie daar is dalk ander redes voor nie?" Isbel se stem koud.

Abishag wil amper begin lag. "Nee, glad nie."

Sy stap terug na haar kamer. Toe sy die deur oopmaak, vries sy in haar spore. Sy maak gou die deur toe en maak seker dit is hoorbaar. Tamar en Aksel is besig om 'n passievolle soen te deel, natuurlik deur die opening wat die venster toelaat. Hulle skrik so groot, Aksel skram weg en loop sommer.

Bloedrooi gesig staan Tamar en kyk vir Abishag. "Dankie, ek kan seker nou gaan?"

Abishag kry eers 'n laggie. "Tamar wag. As enige iemand vra wat jy hier gedoen het vir my, ek is siek en het alles bemors. Naarheid, maak dit maar erger as jy wil."

Tamar loop uit sonder om nog 'n woord te sê.

Hoofstuk 8

"U word benodig. Dit is Saulus. Hy het oornag baie siek geword." Die jong meisie is nuut en skaam. Abishag plaas haar borduurwerk op die bankie langs haar neer en beweeg so vinnig as wat sy kan.

Saulus lê op die bed; koorsig en nat- gesweet. Isbel is langs hom. Sy asemhaling is vlak. Daar is nog van Saulus se vroue en hulle huil asof hy reeds dood is. Toe sy nader beweeg, maak hulle vir haar pad en selfs Isbel laat haar toe om tot langs die bed te kom.

Sy plaas haar hand op Saulus se bors en sy maak haar oë toe. Sy bid, sag, sy smeek. Sy oë gaan oop en almal trek hulle asem in, maar toe val hy terug in 'n diep slaap.

Abishag merk die kruik op wat langs die bed staan. Sterk reuk van kruie vul die kamer.

"Wat gee julle vir hom? Was hier al 'n geneesheer by hom?"

Almal kyk na Isbel. "Nog nie. Ek dink nie dit is nodig nie. Hy is ook nog nie lank siek nie. Dit sal oorwaai."

Abishag neem beheer. "Ek sal opdrag gee dat een dadelik geroep word. Moenie nog van die mengsels vir hom gee nie. Ons moet eers uitvind wat hom makeer."

"Jy kan mos sien die man het koors. Kyk hoe natgesweet is hy. Sy asemhaling is ook nie reg nie, kan jy nie hoor nie?" Isbel is kort van draad.

Abishag soek na die wag wat buite Saulus se deur staan. Hy staan 'n entjie af in die gang.

"Gaan roep iemand, die geneesheer en maak dit dringend. Jou meester is baie siek. Daar is nie baie tyd nie." Sy weet wie en wat Saulus is, maar sy kan nie na sy vlak daal nie. Sy moet doen wat sy kan.

Die wag gehoorsaam en verdwyn in die gang af.

Dit word al laat en die man kom nie uit nie. Abishag sien hoe Saulus net sieker word. Sy bid aanhoudend, stil in haar binneste.

Sy raak langs sy bed in die ongemaklike stoel aan die slaap. 'n Geklop aan die deur, laat haar wakker skrik. Dis reeds lig, sien sy. Dis die geneesheer en Abishag laat hom alleen by Saulus.

Die geneesheer neem net 'n paar minute voor hy uitkom, Isbel staan nou langs Abishag om te wag op die nuus. Hy staan 'n oomblik stil. "Hoe lank is die man al so?"

Isbel antwoord. "Nog nie lank nie, dit is nou twee dae."

"Die man is baie siek en al wat ek kan gee is Mandragora plant wat getrek is. Dit sal help vir die asemhaling en pyn. Vir die koors sal ek ook iets gee, maar dit lyk nie vir my goed nie."

Isbel se mondhoeke wat glimlag, verraai haar en Abishag kan dit in haar oë sien. Sy weet net nie hoe om dit te bewys nie. Is dit Isbel wat hom wil dood hê?

"Jy het gehoor wat die man sê. Dis nie meer nodig vir ander medikasie nie." Abishag voel kwaad en opstandig toe Isbel alweer van haar brousels vir Saulus wil gee. Sy het nie verwag Abishag sal by hom sit vir so lank nie. Sy hou nie van Saulus nie, maar sy kan nie toesien hoe hy agteruit gaan nie. Sy voel verplig om na hom te kyk.

Abishag voel self ook nie lekker nie en naarheid stoot onverwags op. Sy braak in die bak op die tafeltjie. Sy het in Saulus se teenwoordigheid al sieker begin voel.

Pricilla is besig om vars water in die bakke te gooi en vensters oop te maak, toe Abishag siek voel.

"U sal moet gaan rus, kom dat ek u help. Dit kan die siekte van die meester wees wat u nou het." Priscilla staan langs Abishag en help haar by die kamer uit.

Die moegheid en naarheid laat Abishag amper dadelik in 'n diep slaap val. Sy baklei daarteen, maar dit help nie.

Sy word wakker van Tamar wat stil inkom. Sy maak 'n lap nat en vee Abishag se voorkop af. "Hoe voel u nou?"

"Baie beter, dankie net honger. Ek sal vye en druiwe geniet." Abishag sit regop in haar bed.

Tamar kom terug met die vrugte en sop. "Die reuk van die sop maak my weer naar, jy kan dit maar terugneem."

Sy sien die verbasing op Tamar se gesig en sy wil iets sê, maar doen dit nie.

"Wat is dit, Tamar? Is dit Saulus?"

"Nee, glad nie. Ek wonder maar net. Is u nie dalk met 'n kind nie?" Tamar kyk af na die vloer terwyl sy praat.

Abishag voel of iemand haar met koue water gooi, sy wil nie eers daaraan dink nie. "Nee, ek is nie. Dit moet iets wees wat ek geëet het. Dalk het Saulus my aangesteek met een of ander siekte. Die Romeine is mos nie soos ons Israeliete wat glo aan higiëne nie. Bring vir my 'n skoon klere, ek kort net vars lug."

Tamar help haar was en kam haar hare uit. Sy dra nog steeds 'n doek om haar korter haarstyl weg te steek. "Kom saam my dorp toe, ek wil gaan kruie koop by die mark."

Isbel het besluit sy is in stuur van sake terwyl Saulus siek is, en stuur twee wagte saam. Abishag wens sy en Tamar kon alleen gaan. Dit is ongemaklik met die mans wat hulle oral volg soos misdadigers.

Hulle wandel deur al die mense in die dorp toe Abishag meteens stil gaan staan en net voor haar uitstaar.

"Wat is dit? Voel u siek?" Tamar kyk in die rigting na wat Abishag se aandag so hou.

Nie te vêr van hulle af, staan 'n man. Dit is duidelik hy is nie van hier nie. "Wie is dit? Ken u hom?"

Abishag voel hoe haar hart binne haar skree. Met alles binne haar wil sy Gideon gaan groet; hom vra om haar te red, maar saam hom is 'n jong mooi vrou. Dit moet seker sy vrou wees. Vir wat het sy gedink hy sal vir altyd alleen bly.

"Kom ons gaan terug, ek voel lighoofdig." Haar bene gee in en sy vat aan die paal wat as hoekpaal dien vir die stalletjie. Kledingstukke word daar uitgestal in verskillende kleure.

Tamar gryp na Abishag se arm. "Is dit weer die naarheid? Wat makeer u?"

"Dis niks, neem my terug. Dit was 'n dom besluit om hierheen te kom."

"Maar wat van die kruie wat u soek? Ons het skaars nou hier aangekom?" Tamar verstaan nie wat met haar meesteres aangaan nie.

"Los dit nou, ek wil dit nie meer hê nie." Abishag draai om en loop.

Sy voel die trane brand. Hy is nog net so aantreklik en het nog dieselfde uitwerking op haar. Dit is nie iets wat sy verstaan nie en met tyd het sy minder daaraan gedink. Sy mis hom en wil by hom wees.

'n Swaar bitterheid en moedeloosheid pak haar beet. Hoe kan die lewe so wreed wees? Haar ma moes tog gesien het hoe sy oor Gideon voel. Het haar ma haar dan nooit lief gehad nie? Hoe gee sy haar dogter vir 'n man wat sy nie ken nie, een wat nie in haar God glo nie?

"U huil, wat is dit?"

"Los dit, ek wil nie daaroor praat nie." Sy is kortaf en stap aan.

Dit is vir haar 'n groot skok en sy voel moedeloos. Gideon was altyd in haar gedagtes, sy het self aan hom gedink toe sy by Saulus moes tyd deurbring. Sy het nou absoluut niks om voor te leef nie.

In haar kamer haal sy die kopdoek af en gooi dit op die vloer neer. Sy trek die deftige tuniek uit en uit die houtkis voor haar bed, haal sy een vaal ou tuniek uit. Sy laat gly dit oor haar kop en wens sy was nou in die wingerd waar sy hoort. Al die weelde om haar beteken niks. Wat is jy sonder mense wat vir jou lief is? wonder sy. Niks, hoegenaamd niks, kom die antwoord duidelik by haar op. Sy is 'n slegte vrou een wat vir haar kos as betaling deur 'n goddelose man gebruik word; nie werd om soos ander vroue te trou en gelukkig te wees nie.

Sy weet haar diensmeisies sal enige tyd aanmeld om vir haar benodighede te bring. As dit Tamar is sal sy eers meer wil uitvind wat haar so ontstel het en wil troos. Sy wil met niemand praat nie en sien weer die pragtige vrou wat by Gideon gestaan het in haar gedagtes. Hoe kon hy net so van haar vergeet het?

Sy sal buite gaan sit. Die skraal son is warm en die tuin in die agtererf stil. Alleen stap sy uit en gaan sit onder die terpentynboom. Die wortels lê dik bo die grond. Met haar rug teen die stam, sluimer sy in.

Sy droom van klein kindertjies wat handjies vashou en al in die rondte draai. Hulle val op die grond neer en een spring op en hardloop na haar waar sy staan en kyk. Sy tel 'n seuntjie op en gee hom 'n stywe drukkie. Al ken sy die kind, weet sy nie wat sy naam is nie. Sy weet sy het die kind vreeslik lief en sy kop rus in haar nek.

"Waar is my pappa?" Die kind begin huil en daar is geen troostende woorde vir hom nie.

"Word wakker, Abishag." Aksel se gesig naby haar oë en sy skrik toe sy hom sien.

"Wat? Vir wat kom pla jy my?" Sy is sommer kwaad.

"Jy beter na Saulus toe gaan. Ek hoor by die ander hy is nog sieker." Hy is nie meer so formeel nie.

Sy kyk hom 'n paar oomblikke aan voordat sy antwoord. "Hy het meer as een vrou en ek het geen verantwoordelikheid om na hom om te sien nie. Is dit nie dalk wat ons almal wil hê nie?" Sy kan nie die woorde sê nie; indien hy sterf, is hulle vry.

"Hy bly jou naam roep en wil niemand anders sien nie." Aksel praat sag en sy oë kyk afwaarts.

In die vertrek wat as kombuis dien buite die huis, waar net gewoonlik slawe is, stap sy in asof dit niks is nie. "Kry vye in kookwater en Mandragora, luister mooi wat ek vir julle sê. Stuur iemand na die meester se kamer sodra dit reg is," beveel sy. Die wat luister, knik hulle koppe.

By Saulus se kamer, trek sy haar asem diep in. Die man lyk soveel anders, weerloos en maer; nie die Saulus wat sy verafsku nie. Sy kry hom jammer en toe sy langs hom gaan sit, praat sy. "Saulus dis ek, waarvoor roep jy my?"

Hy beweeg nie, sy oë nog toe en sy wonder of hy reeds dood is. Hy lê dan so stil. Toe hy praat skrik sy, dis nie dieselfde stem nie.

"Bid vir my, ek kan nie meer baklei nie." Hy is kortasem.

"Ek ken net een God. Dis die God van Israel, maar u glo nie in hom nie." Dis meer 'n belydenis.

"My gode luister nie en ek het hulp nodig. Dalk sal jou God luister en my help." Hy haal sy hand onder die kombers uit, maar dit val langs hom van die bed af.

Abishag neem dit en begin bid. Sy sukkel om woorde te kry terwyl sy saggies bid.

"Jy is met 'n kind." Dis Saulus wat praat.

"Wat?" Sy dink sy het haar verbeel.

"My kind ... pas hom op." Saulus se oë is groot terwyl hy staar na haar. Hy val net so weer in 'n diep slaap.

Sy los sy hand en beweeg dit na haar maag. Lank sit sy so met haar hand op haar maag. Dit kan nie die waarheid wees nie. Hy is siek en wil net graag 'n kind hê. Sy sal sekerlik dit geweet het as dit so is.

'n Slaaf klop sag aan die deur. Stadig staan Abishag op en kry die goed waarvoor sy gevra het. Met moeite kry sy Saulus om van dit te drink. Sy was haar hande.

Die woorde is nog vars in haar geheue. 'n Kind is sekerlik 'n seëning, maar wat as dit by die verkeerde man is? Sy kan nie dink hoe sy ooit vir so kind wat nie uit liefde gebore is, kan omgee nie. Sy sal sekerlik vir Saulus in hom kan sien. Sal sy ooit toegelaat word om vir die kind van haar God te leer? Die twyfel en vrae maak haar bang.

Hoofstuk 9

Drie dae sit sy by Saulus. Isbel probeer alles in haar vermoë om haar daar weg te kry, maar Abishag weier om te gaan. Sy gebruik haar posisie as vrou in die huis tot haar voordeel.

Saulus sit regop en lyk goed. "Ek het sake wat afgehandel moet word. Die besigheid het lank genoeg stil gestaan. Sal jy my asseblief help om op te staan?

Sy ruik die reuk van sweet en 'n bed wat te lank met 'n siek liggaam besmet was. In die voorkamer is die blomme vars. Dit dien as versierings en die geur vul die hele kamer. Abishag het dit gemis en sy voel lig om weer uit die bedompige kamer te wees.

Sy lei Saulus na sy stoel toe. Almal skarrel rond toe hulle Saulus sien. Isbel is besig is die meeste verbaas. Sy bewe en haar oë staar na hom. Sy was besig om met een van Saulus se vennote te praat. "Ek het nie gedink u sal so gou herstel nie." Sy is bleker as gewoonlik.

Saulus staar na die man. "Turis, wat maak jy hier?"

"Ek wou verneem hoe dit gaan. Die invoere is 'n probleem. Kan ek liewer alleen met u praat?"

"Natuurlik. Isbel, Abishag, verskoon ons." Saulus waai met sy hand in hulle rigting.

Net buite die sig van die twee mans stop Isbel vir Abishag. Sy praat sag maar dringend. "Ek is so geskok. Ek het 'n fout gemaak en het hulp nodig." Sy lyk vreesbevange.

"Ek het nie gedink Saulus sal die siekte oorleef nie en het dalk te vêr gegaan. Ek het besluite op myself geneem, gedoen wat ek dink is reg."

Abishag kyk die ouer vrou aan en merk op hoe sy met haar hande bewerig haar tuniek trek. Senuwees is wat dit is.

"Daar is niks wat ek kan doen nie, u het dit self op u geneem. U het geweet wat is die reëls. Onthou die vrou onder in die tronk sel. U het vir my gesê daar is reëls waarby gehou moet word."

Isbel se trane loop sag oor haar wange. "Kom saam my, ek sal moet verduidelik, maar nie hier nie."

Hulle stap tot in die agter erf, daar waar dit stil is. Hoenders skrop in die koelte en die perde wei nie vêr daarvandaan nie. Op 'n stomp wat as 'n bankie dien gaan sit hulle twee. "Ek sal jou vertel wat gebeur het; dat ek optree soos ek doen. Abishag jy moet my help, dit was vir ons almal gewees.

"Ek was 'n jong weduwee toe Saulus oor my pad gekom het. Ons was honger en vandat die Romeine in Israel is kry weduwees nog swaarder. Salome, my pragtige dogter het Saulus se oog gevang. Hy het beloof om mooi na haar te kyk en dit sou vir ons altwee 'n dak oor ons kop beteken. Hy het baie beloftes gemaak, maar hy het ons om die bos gelei. Salome het my belowe dit sal beter wees, al was sy nie verlief op die veel ouer man as sy nie. Een oggend het en wakker geword en my kind was weg. Ek het Saulus gesmeek om my te sê wat van haar geword het. Hy het my belowe sy is ongedeerd en as ek vir hom bly werk en doen wat hy sê sal ek haar eendag weer sien. Ek het aan die begin gevoel ek kan nie meer met die pyn saamleef nie; dat ek nie weet of sy lewe of dood is nie. Toe begin die haat in my vir die man groei.

"Dis al vyf jaar en ek het Salome nog nooit weer gesien nie. Ek weet nie of sy nog lewe nie en, ek kon net nie toelaat dat die man 'n nageslag moet hê nie … dat sy bose saad aangaan en lewens verwoes nie. Verstaan tog, ek kan ook nie hier weg nie. Sê nou net Salome kom terug en sy soek my. Saulus handel met verskeie goed wat na Israel ingevoer word, suiker, linne, speserye en kruie. Alles van Rome af, ek het al gewonder of hy haar nie aan een in Rome verkoop het nie. My arme kind in die vreemde met hulle goddeloosheid. Hulle het geen respek vir 'n vrou nie."

Abishag voel hartseer vir Isbel se onthalwe. "Hoekom dit vir my sê? Ek kan nou alles vir Saulus gaan vertel en hy sal u sekerlik doodmaak? Ek is jammer om van u dogter te hoor en ek besef die pyn moet vreeslik wees. Daar is egter niks wat ek kan doen nie."

Isbel staar na die hoenders en kyk eers om haar rond. "Ek weet jy sal nie vir hom sê nie, want jy is anders. Jy het nie moed opgegee nie, selfs na al die houe en vernedering. Ek weet jy wil ook hier wegkom, maar jy het nie 'n keuse as om hier te bly nie. Jy laat dink my aan Salome. Sy is ook 'n sterk vrou nes jy."

Abishag skud haar kop. "As jy hom doodgemaak het – want ek weet dis wat jy wou doen – sou jy nooit kon uitvind wat met Salome gebeur het nie. Hoekom?"

Isbel vou haar hande in haar skoot. "Ek het gedink hy sou my sê as hy die dood self in die oë staar, maar hy was so deurmekaar en ek kon niks uit hom kry nie. Ek het met sy vennoot probeer praat, maar dié bly maak asof hy niks weet nie. Al wat ek vra, Abishag, is om my te help. Ek moet weer my kind sien, al weet ek net sy lewe en is versorg dan kan hy met my maak wat hy wil."

Abishag tel Isbel se ou hand in hare op en soen dit sag. "Ek sal kyk wat ek kan doen, maar belowe niks." Sy hoop en bid net dis nie Isbel wat haar probeer in 'n strik lei nie, dalk 'n toets vir iets. Dis angswekkend om te weet so iets kan gebeur, dat mense geen waarde heg aan 'n ander nie. Saam stap hulle die huis binne elkeen beweeg in 'n ander rigting.

Abishag merk op dat Saulus nie in 'n goeie bui is nadat hy met die vennoot gepraat het nie. Sy besigheid verloop nie soos dit moet nie.

Die dae wat volg is hy is meestal in vergadering met ander. Hy het nog geen woord met haar gepraat nie.

Dae lank moet almal uit sy pad bly en Abishag verkies dit ook so. Hy skenk geen aandag aan wat rondom hom aangaan nie. Hy is weer die arrogante baas van baie en die siekte het hom geensins verander nie. Hy het niks geleer uit die feit dat hy byna dood was nie.

Die boodskap van 'n uitbundige partytjie versprei vinnig en almal moet op hulle beste lyk. Die vroue moet aantrek vir 'n feesmaal, want dit gaan hier oor besigheid. Saulus wil sy mag en rykdom adverteer vir sakeondernemings.

Tamar en die ander dra water aan en in die kombuis is almal besig met disse soos voorgeskryf.

Abishag sien hoe die slawe die kos aandra. Soet geregte wat afkomstig is van Rome met die suiker as een van die goed wat hy invoer. Vleisgeregte, wat heeltemal teen Abishag se geloof is, word oordadig op tafels gepak. Sy word siek net van die reuk wat die hele vertrek vul. Die mense kom ingestap en sy voel te bedruk.

Toe almal se aandag afgelei word deur danse en gesprekke, stap sy uit. Buite in die tuin is dit koel en die maan verlig dit in helder geel. Op 'n bankie gaan sit sy, al weet sy dat sy nie te lank kan wegbly nie. Saulus sal wil hê sy moet naby bly net soos die ander vroue, sy besittings.

Die swaar juwele is irriterend aan haar ore en nek. Sy hoor die fluit nie vêr van haar nie en skrik toe sy Isbel agter 'n bos sien. "Abishag, hier!"

Abishag staan versigtig op. Die vrou maak haar bang. Sy stap stadig nader en weet nie wat om te verwag nie. Sy trek Abishag agter die bos in. "Bly stil, luister net. Ek sal gou praat. Ek gaan vanaand wegkom. Ek het 'n plan. Jy moet saam kom. Die sakemanne is van vêr en met hulle terugkeer gaan ek agter in die wa klim en myself versteek tussen bagasie. As Saulus agterkom sal ek lank reeds weg wees."

"Nee, Isbel, jy kan nie! En wat van Salome? Hoe sal jy as vrou alleen oorleef? Jy weet sonder werk is 'n vrou en weduwee vergete?"

"Ek het klaar aan dit gedink: ek weet baie van Saulus af. Die saam met wie ek gaan, sal die inligting teen hom kan gebruik. Ek weet meer van hom as wat hy dink."

"En Salome? Jy wil haar seker weer sien?" Abishag se stem is net 'n fluistering.

Isbel bly stil, asof sy iets hoor. "Dis al so lank ek weet nie of daar hoop is nie en ek kan nie my lewe om wag nie. Hier gaan ek geen antwoorde kry nie."

"Luister, jy maak 'n fout. Daar is altyd hoop! Ek wil nie eers daaraan dink as hy jou moet uitvang nie."

Hulle hoor die voetstappe, en staan doodstil. Die mure wat die huis omring, is net agter hulle. Die stemme word stil en sonder om te groet stap Abishag terug in die rigting van die geselligheid. Sy is bekommerd oor Isbel en weet dit gaan 'n fout wees.

Saulus is dronk daar is verskeie vroue wat om hom sit, die meeste onbekend vir Abishag. Hulle is losbandig en het geen skaamte nie. Nooit het sy gedink sy sal die onheil ooit aanskou nie. Hulle hang aan die mans en Saulus kry meer aandag as die ander. Sy sien die vernedering op sy ander vroue se gesigte, elkeen met hulle eie storie en waardesisteem wat hier vernietig word. Hy hou sy silwer beker omhoog, skree op die slaaf om nog wyn te skink. Hy mors op sy bors soos hy die glas na sy mond bring. Vroue begin dans in verleiding voor hom en hulle klere is min. Hy vat aan hulle en een kom sit op sy skoot. Sy merk op dat die vroue nie van Israel is nie. Hulle is seker hierheen gebring van Rome of Egipte af. Slawe wat gedwing word om ook net vir hulle kos en blyplek te doen wat hulle eienaars verwag.

"Abishag, kom en geniet die geselligheid. Sit hier langs my." Hy stoot een van die meisies weg en slaan met sy hand op die sitplek wat nou beskikbaar is.

"Nee, ek kan nie." Dit is uit Abishag se mond voor sy kan dink.

Saulus staan op uit die gemakstoel en stamp die wat in sy pad is, weg. Hy gryp Abishag om haar nek. "Wat! Jy sal my nie verneder nie! Jy is niks! Maak soos ek jou sê of ek laat jou verstaan aan wie jy behoort."

Abishag staan net stil, haar hart in haar keel. Sy sluk haar trane terug. Sy sien die oë wat na hulle staar; almal wag om te kyk hoe Saulus gaan optree.

Sy kyk hom in die oë, probeer dat hy onthou wie hom versorg het. Dalk onthou hy hulle gesprekke, sy gesmeek vir gebed, maar niks. Hy klap haar dat sy haar balans verloor. Sy hou haar hand waar dit brand op haar gesig. Sy staan op en sien al die oë wat na haar staar. Die verleentheid is straf genoeg.

Hy wys met sy hand sy moet loop en dis ook wat sy doen.

In haar kamer lê sy stil en dink. Hy kon haar veel erger gestraf het. Iets is aan die verander, al is dit hoe klein.

Dit was baie laat toe sy die geraas buite hoor. Sy staan by die venster, maar kan niks sien nie. Sy kan ook nie uitgaan nie, want sy lyk nie reg geklee om voor mense te wees nie.

Die volgende oggend moes sy hoor dat Isbel gevind is agter in 'n wa. Die wagte het opdrag gekry om alle besoekers se inhoud van wa eers deur te gaan, Saulus is bang van sy goed word gebuit.

Sy is na Saulus geneem, maar ook sy is net ingestuur. Die mense het glo vreeslik geskinder en kon dit nie glo nie.

"Isbel het nog glad nie vanoggend haar verskyning gemaak nie, so asof sy bang is hy verander sy keuse en straf haar. Almal is aan die praat, hy is anders, hy verander en niemand weet hoekom nie." Tamar lyk net so verbaas as wat Abishag voel.

Hoofstuk 10

Toe Abishag by die voorhuis instap, sit Isbel en Saulus daar. Hulle bly dadelik stil toe sy die vertrek instap. "Ah, kyk net hoe goed lyk jy. Kom geniet van die heerlike brood en vye saam met ons."

Sy stap nader maar voel die gesprek aan wat plaasgevind het net voor sy ingestap het was intens. Sy stap tot by die stoel naaste aan die groot venster en gaan sit. "Ek hoop die rus het jou goed gedoen. Isbel was nou net op pad. Sy sal ons vir eers verlaat om by familie te gaan kuier."

Abishag kyk na Isbel, maar daar is niks op haar gesig te lees nie en sy kyk ook nie in haar rigting nie, geen oogkontak nie.

"Waar woon u familie? Hoe lank sal u weg wees?" Sy wil weet wat aan die gang is.

Isbel maak haar keelskoon en kom orent. Toe sy na Abishag kyk is daar trane in haar oë. "Hulle woon in Galilea en ek weet nie hoe lank ek sal vertoef nie." Sy stap uit sonder om terug te kyk.

Saulus gee vir Abishag van die kos aan. "Ek voel dis tyd dat jy verstaan waarom ek besluit het om Isbel te laat gaan. Sy word ouer en was jare in my diens, dus verdien sy dit om haar familie te gaan opsoek en ek sal sorg dat sy goed versorg word op haar reis."

Abishag verstaan glad nie die wending in Saulus se skielike sorgsaamheid nie. "Waarom nou, Saulus, na al die tyd?"

Hy bly 'n tyd stil so asof hy moet dink. "Ek weet nie, ek voel net so."

Sy weet binne haar dis nie waar nie. Hy beplan iets boos en sy voel hoe die hap brood wat sy geneem het, dik word in haar mond. "As u my sal verskoon ..."

"Jy het nog nie eers klaar geëet nie. Wat is dit, my skat?"

Sy staan op en stap uit sonder om hom die satisfaksie te gee, want bekommernis en vrees is duidelik op haar gesig.

Sy soek na Isbel; sy moet haar keer voordat sy gaan. Eerste gaan soek sy in Isbel se kwartiere, maar daar is niemand en toe sy uit hardloop na waar die wa en perde gereed gekry word, is Isbel se grys hare al wat sy herken. Sy is reeds naby die staalhekke. Sy hardloop agterna, maar die perde is veel vinniger as wat sy kan hardloop. Hier gaan slegte dinge gebeur en sy voel aan dat sy Isbel nie weer lewend gaan sien nie.

Abishag probeer haar goed gedra en sy glo God het vir haar gesorg met die dat daar 'n kind in haar groei. Sy probeer dit wegsteek, maar Tamar is ook 'n vrou en weet dat daar elke maand reëls is vir vroue om afgesonder te word terwyl hulle menstrueer. Sy besef dat Tamar haar nog nie weer een keer uitgevra het oor haar lank afwesige menstruasie nie, so asof sy die geheim stilletjies met haar deel.

Saulus het haar ook nie weer nog nie een keer na haar terugkoms na sy kwartiere toe ontbied nie. Dit lyk vir Abishag of hy skaam kry voor haar en sy houding teenoor haar is anders. Tamar het ook gesê dat hy die ander vroue gereeld ontbied en dit maak Abishag bekommerd, maar sy geniet die stil lewe.

Daar verander iets in 'n vrou wanneer sy swanger is, maar om 'n kind van iemand so boos en wreed te verwag, is heeltemal 'n ander saak. Dit veroorsaak 'n oorlog binne haar, wat haar meer in gebed laat verkeer as gewoonlik. Hoe kan God toelaat dat die man se saad in haar groei? Hoe kan God die taak op haar lê om die verantwoordelikheid te neem vir Saulus se kind?

Sy wroeg om te dink of sy sal ooit die kind sal kan liefhê. Die kind was nie uit liefde verwek nie en wat haar altyd aan Saulus sal herinner.

Daar is tye wat sy Saulus jammer kry. Sy kultuur en hoe hy grootgemaak is, het hom beïnvloed om te wees wie hy is. Hy is maar net die produk is van sy ouers en wat hulle hom geleer het; tog sien sy dit voor haar oë, die verandering in hom. Hy is rustiger en hy praat ook op 'n ander manier het haar.

Almal sit aan tafel en die vetterige vleis is uitgepak. Saulus eet sonder om baie te praat en hy eet meer as wat nodig is. 'n Oomblik lank kyk Saulus in Abishag se oë en sy vetterige hand op sy bors. Dit voel asof hy iets vir haar wil sê, maar sy verstaan nie.

In sy oë sien sy skok of vrees of pyn op wat hom na hulp laat soek by Abishag, wat ook nou net staar. Sy vel kleur word blou en sonder 'n woord val hy van sy stoel af op die harde vloer.

"Help! Kry hulp iets is fout." Abishag gil en sak langs hom op die grond. Sy sien die voete van mense om haar wat staan en kyk. "Hoor julle nie? Die geneesheer, enige iemand!" Sy sien die benoudheid in sy rooi oë en sy weet nie wat om te doen nie. "Saulus, moenie, jy kan nog nie gaan nie." By sy oor fluister sy: "Jy gaan pa word, jy kan nie nou gaan nie."

Toe sy oor haar skouer kyk vir hulp, klink almal vêr asof die klank uitgedoof word. Saulus se liggaam verslap en hy lê lewensloos, nóg blouer in die gesig.

Die geneesheer is te laat. Hy lyk morbied. "Die man is dood aan sy hart."

Die skok is moeilik om te verwerk, maar skielik is almal vry en kan gaan waar hulle wil. Die enigste nadraai, is die saad van Saulus wat nog besig is om in Abishag te groei. Sy bid onrealisties aanhoudend asof dit nog nie te laat is nie.

"God, wees die man genadig, U weet hy was besig om te verander. Hy het net meer tyd nodig gehad." Met haar hand wat gedurig op haar maag is, dink sy aan hom. Sy wens Isbel was hier om hulle te help. Die nuus sal aan sy familie gestuur moet word sodat hulle sy sake moet kom afhandel.

Abishag besef dat sy 'n weduwee is en moet besluit wat sy gaan doen. Gaan sy terug na haar familie wat haar weggegooi het, of bly sy hier en hoop Saulus se familie sal vir haar sorg?

Hoofstuk 11

Alles is gepak vir die lang reis, maar Abishag weet nie wat om te verwag nie. Die toekoms sal nooit vir haar kan begin voor sy die berusting en antwoorde gekry het oor die verlede nie. Sy is bewus van die gevare op die pad en sy het vir Aksel gevra om haar te neem. Saulus se broer het reeds sake in sy eie hande geneem en hy het haar belowe sy sal altyd versorg wees, maar 'n Romein kan sy nie weer vertrou nie.

Met al die verwarring en onsekerheid, kom die nuus dat Isbel met 'n skip op pad na Rome is. Saulus het tóg vir haar die waarheid vertel. Simone is as ruiltransaksie aan een van sy Romeinse vennote gegee. Abishag het by sy broer verneem dat Saulus vir Isbel se reis betaal het en dat Simone baie siek is.

Met die wete dat Saulus toe nie van Isbel ontslae geraak het soos Abishag gedink het nie, besef sy dat iets hom so laat optree het. Saulus sou nooit Isbel net so laat gaan het nie, maar wat sy rede is, sal seker nou nooit uitkom nie.

"Is jy reg? Ons sal moet gaan." Aksel word haastig vir die lang pad.

Sy kyk nog 'n laaste keer terug; die plek wat haar geslyp het en 'n ander wreder kant van die lewe laat sien het. Sy druk Tamar styf vas en altwee is nou in trane. Abishag plaas haar hande om haar wange en soen haar voorkop.

"Ek hoop die lewe behandel jou goed en dat ons mekaar gou weer kan sien. Dankie vir jou vriendskap."

"Ek wil saam met u gaan; ek is u diensmeisie tot die dood toe." Tamar is snikkend.

"Nee, ek laat jou vry en met God se genade gaan jy trou en pragtige kinders van jou eie hê." Sy kyk na met 'n glimlag na Aksel en hy glimlag terug. Abishag voel gerus. Sy weet daar is hoop vir die twee.

Aksel help haar op en kyk na Tamar. "Sien jou een van die dae weer."

Die stiltes word lank en Abishag soek geselskap. "Hoekom het jy vir Saulus gewerk? Jy is 'n sterk man en het sekerlik ander opsies gehad?"

Hy tuur voor hom uit daar waar berge in die vêrte grysblou lê, asof hy antwoord gaan soek agter die landskap.

"My pa het van Saulus gesteel. Hy het die goedere aangery wat Saulus ingevoer het. My pa was die voorsiener wat moes seker maak niks raak weg nie en dat alles veilig by die bestemming aankom. Hy was min betaal en ons was nege kinders; een suster en agt seuns wat baie eet. Saulus wou hom laat doodslaan en dan sou ons almal sterf van die honger.

"Ek is die oudste en het Saulus gesmeek om my te neem as slaaf en my pa vry te laat. Hy wou ook my suster hê wat maar net dertien jaar oud was. My pa het opstandig geraak en wou haar beskerm. Saulus het my pa doodgemaak en my suster geneem. Hy het gedreig dat hy ons hele gesin sou uitwis as ek my nie gedra nie."

"En jou suster?" vra Abishag sag.

"Hy het haar nie lank gehad nie, net gebruik en toe moeg geword vir haar. Ek het haar nie weer gesien nie. Isbel het eendag na my toe gekom en vertel van die vrou onder in die sel."

Abishag kry so hol kol op haar maag en beduie vir Aksel om te stop. Sy bring alles wat in haar maag is op. Die brommers draai om hulle van die stank en toe sy haar mond afvee en na Aksel kyk, sit hy soos op sy hurke. Sy sien hoe hy ruk.

"Aksel, was dit jou suster?"

Hy kom orent en knik net sy kop.

"Ek is so, so jammer. Wat het jy gedoen toe jy haar sien?"

"Wat maak dit saak? Sy het my nie erken nie en is kranksinnig. Sy weet nie eers wie sy is nie. Sy is dood die dag toe Saulus haar geneem het, my pragtige suster."

Abishag vou haar arms om sy middel, tog te bewus van die hobbel waar daar 'n lewe in is. Sy hou hom lank so vas.

Nie sy of Aksel praat die res van die reis 'n woord nie. Elkeen is diep ingedagte om sin te maak van die dinge wat met hulle gebeur het; onbewus van wat die toekoms inhou.

Hoofstuk 12

Die wingerde, die berge en die klein huisies lyk nog dieselfde. Die armoede is nog daar en die bekende gesigte van haar kinderjare is minder. Toe Aksel voor haar klein huisie stilhou en die deur gaan oop, is sy spyt oor haar besluit. Sy weet nie wat het sy verwag nie. Dat alle kwaad gevoelens sommer van self sou verdwyn as sy haar moeder sien?

Haar ma slaan die ou verrimpelde hand oor haar mond. Die uitdrukking van verbasing en blydskap is van vêr te siene.

"Abishag! Dis waarlik jy!" Sy stap moeilik nader.

Abishag staan asof versteen en terugflitse kom en gaan in haar gedagtes. Die merke op haar rug; die liefde vir 'n man wat sy verloor het. Haar onskuld is wreed van haar gesteel en Saulus was die oorsaak.

Haar moeder omhels haar druk haar gesig in Abishag se nek. "Ek het jou so gemis, my enigste dogter."

Abishag vou haar arms om haar ma, maar ervaar geen blye gevoel nie. Daar is niks van nie.

"Kom in! Jou broers gaan so bly wees. Kom kuier jy vir 'n paar dae?"

"Nee, my man is oorlede ek is nou 'n weduwee en verwag 'n kind voordat die nuwe somer hier is."

Haar ma staan stil en sonder om nog iets te sê, stap hulle by die klein voorhuis in. Die droë grond sonder 'n tuin is soos dit altyd was en die beknopte spasie druk Abishag vas.

Abishag kon nie langer wag nie ... sy moes weet. "Hoekom het julle toegelaat dat 'n Romein my van almal wat ek liefhet kom wegneem, Moeder? Pappa sou dit nooit goedkeur nie?"

Die lap in haar ma se hand waarmee sy die houttafel skoon gevee het, draai sy in haar hande. Sy kyk ook nie op nie. "Dit was verkeerd my kind, hy het so groot aanbod gemaak vir jou. Ons het gesien die mans wat hy uitgestuur het om sy vrou uit te soek en die beloftes aangehoor. Ons het gedink dit sal goed wees vir jou én ons; dat jy 'n beter lewe sal hê. Ons was verblind, en toe jy weg is en die verlange begin, was dit te laat." Haar ma se oë gaan toe en druppels vorm in die geplooide ooghoeke.

"En Gideon? Het julle nie gesien hoe ek oor hom voel nie? Julle het my sonder skaamte van die man wat ek liefgehad het, weggeskeur. Hy was een van ons, 'n man uit ons stam."

"Daarvoor dra ek nou nog swaar my kind en hy was nog nooit weer in die huis nie. Ek weet dit is iets waaroor hy ons nie kan vergewe nie. Jy moet verstaan, die skuld is straf genoeg op ons."

Abishag wil nie net vergewe en vergeet nie, al weet sy dis wat sy moet doen. Nie net vir hulle onthalwe nie, maar vir haarself; om aan te gaan met die lewe. Sy stap uit, die dun paadjie af, wingerd toe. Haar moeder probeer haar ook nie stop nie.

Eers toe die son agter heuwels gaan rus en dit koud word, kom sy terug. Sy gaan sit voor die vuur in die klein kombuisie, waar daar nog iets aan die prut is. Die geur maak haar honger.

"Abishag, hier is iemand wat jou wil sien. Ek los julle alleen." Die lamp is reeds aangesteek, maar gooi net 'n flou lig in die donker vertrek.

Daar staan die man met die skouerlengte hare, die oë wat soms so diep in hare kon staar. Die man wat haar hart vinnig laat klop het. Sy kry weer die gevoel van toe; die begeerte om naby hom te wees.

Die besef dat dit werklik Gideon is, maak haar bewerig en spraakloos.

"Abishag, hoe lank was dit nie! Ek is bly jy is hier. Jammer om te hoor oor jou man." Gideon is ook op sy senuwees. Sy kan dit in sy stem hoor, waar hy nog net so staan en met sy hande langs sy sye.

Sy knik net haar kop en wys na die stoel vir hom om te sit.

"Ek kon nie glo toe jy weg is nie. Ek het na jou gaan soek en gevoel ek sal nie rus tot ek jou kry nie. Ek het jou broers bestorm en wou hulle seermaak vir dit wat hulle aan jou en my gedoen het. Ek wou nie vrede maak met die idee dat jy aan iemand anders behoort nie."

"Ek het ook gewens ..." Sy kry dit nie gesê nie.

"Was jy gelukkig? Jy en jou man?"

"Dit was verskriklik. As ek vir hom lief was, sou dit beter wees, maar nee, glad nie. Ek is deur baie, Gideon, en sal verkies om nie daaroor te praat nie." Haar hand beweeg na haar maag, asof die kind in haar die finale afskeid is tussen toe en nou.

"Jy verwag sy kind?" Gideon plaas sy hande in sy hare, dit maak haar seer, want sy sien die skok en seer in die kyk wat hy haar gee. Sy voel vuil en soos 'n verraaier. Die skade klaar gedoen en nou dra sy die vrug.

"Wat het jy gedink? Die man het my nie net gebruik as een of ander beeld om mooi te lyk nie. Hy het my misbruik en mishandel tot ek nie meer wou lewe nie. Gaan na jou vrou toe, Gideon. Sy is sonder enige bevlekking soos ek!"

Hy staan wel op. "Watter vrou? Dit was nog altyd net jy en niemand anders nie."

65

"Ek het julle gesien, die een dag wat ek in Jerusalem was. Jy het so mooi gelyk en die vrou by jou, was beeldskoon, met lang, donker hare."

"Wat? Jy het my gesien en niks gedoen nie? Ek het gaan soek na jou, almal gevra vir hulp. Ek het geen vrou nie." Hy stap uit.

Epiloog

"Ek sal hom Zera noem, 'n nuwe begin." Sy kyk trots na die seuntjie in haar arms.

Daar is 'n klop aan die deur en haar ma staan op om te kyk wie dit is. "Abishag, hier is iemand vir jou, mag ek hom instuur?"

Sy staar na die deur en toe hy instap kry sy die gevoel van tevredenheid om onvoorwaardelik geliefd te wees, te spyte van al haar foute en verlede.

"Mag ek hom vashou?" Gideon kyk na haar met trane in sy oë. "Wat is sy naam?"

"Zera, vir 'n nuwe begin. Ek kan nie glo God vertrou my met so 'n pragtige volmaakte mensie nie."

Gideon soen haar op haar voorkop. "Jy gaan die beste ma wees, ek weet."

Hartedief

Chris Jansen

Hoofstuk 1

Hy het sy speurwerk deeglik gedoen. Haar naam is Karen Steenkamp en die misdaad het sy met haar lang rooibruin hare en groen oë gepleeg.

Karen het net die kantoorgebou verlaat toe iemand haar op die skouer tik. Met die omdraaislag kyk sy vas in die mooiste roesbruin oë.

"Karen Steenkamp?"

Sy frons. "Ja, dit is ek. Waarmee kan ek help?"

"Speurder-sersant Johan Smith."

Hy stel homself bekend en wys haar sy identiteitskaart. Karen skrik haar yskoud.

"Kom ons gaan sit in die koffiewinkel dan vertel ek jou van die saak." Sy hand om haar arm is ferm en Karen het nie 'n keuse as om saam met hom te stap nie. Hy bestel vir hulle koffie.

"Waaroor gaan dit?" wil sy grootoog weet terwyl hulle vir die koffie wag.

Johan maak sy keel skoon. "Karen, ek moet jou aankla van diefstal."

"Diefstal? Jy is laf! Nog nooit in my lewe het ek iets gevat wat aan 'n ander behoort nie!" Haar verontwaardiging lê duidelik sigbaar op haar gesig.

"Hoe seker is jy daarvan?" wil Johan met 'n geligte wenkbrou weet.

"Doodseker!!" Karen voel hoe sy warm onder die kraag raak, en haar groen oë blits gevaarlik. Nie eers 'n sluk koffie kan haar kalmeer nie. Sy sit die koppie neer.

"Karen, jy het my hart gesteel; daarvoor arresteer ek jou."

"Wat?" Voor sy iets verder kan sê vat Johan haar hand en betower haar met sy glimlag. Meteens besef Karen dat die man hier voor haar iets heeltemal anders bedoel.

"Dit gaan jou duur te staan kom, Johan Smith," sê Karen met 'n glimlag van verligting.

"Noem jou prys, ek betaal dit met die grootste liefde," stem Johan in, dankbaar dat sy nie vies is nie.

Karen glimlag terwyl sy 'n haarstring uit haar gesig vee. Haar oë blink. "Ete by Alemera, 19:00, en moenie laat wees nie." Sy fladder haar wimpers.

Nog voor Johan iets kan sê knipoog sy vir hom en stap heupswaaiend by die deur uit. Klein snip, dink hy en glimlag toe hy opstaan om te gaan betaal.

Die meisie agter die toonbank kyk hom agterna. Wat 'n hunk van 'n man, dink sy. Met daai breë skouers en biseps kan hy enige tyd sy skoene onder haar bed uitskop.

Johan sien nogal uit na vanaand, want Karen het sy voete behoorlik onder hom uitgeslaan en hy wil haar graag beter leer ken. Dit is nou al drie jaar wat Lanie, sy vrou, oorlede is. Sy was die liefde van sy lewe. Hy het nooit gedink hy sal 'n ander kan liefkry nie, maar Karen het sy voete onder hom uitgeslaan vandat hy haar die eerste keer gesien het. Dit is nou tyd vir 'n nuwe begin. Hy word nie jonger nie, hoewel 32 nie oud is nie, net meer volwasse.

Karen sing lekker toe Kurt Darren se 'Kaptein, span jou seile', oor haar motor se radio speel. Sy is opgewonde, maar tog ook bang oor die impulsiewe afspraak van vanaand. Dit is nou 'n jaar gelede dat sy haar verlowing met Neels Pieters verbreek het. Sy kon nie langer sy woedeuitbarsting en verbale vernedering hanteer nie; 'n regte narsis. Dit is nou die eerste keer na haar mislukte verlowing dat sy weer saam met 'n man uitgaan, en om dié rede verkies sy haar eie vervoer. Dit bied haar 'n mate van veiligheid.

Tuis het sy net die ketel aangeskakel toe haar selfoon lui. Dis Marie Vermaak, sien sy op die skerm.

"Hi, Vriendin," groet sy.

Marie groet en val met die deur in die huis: "Vanaand is dit girls night by Dee's. 'n Orkes en die Naughty Cowboys dansgroep tree daar op. Dis die manne met die six packs wat kaalbolyf dans," giggel sy.

"Ag nee, Marie. Dat dit nou vanaand van alle aande moet wees wat ek uitgaan op 'n date," sug Karen.

"Jy het 'n afspraak? Saam met wie?" vra Marie nou die ene ore.

"Van nuuskierigheid is die tronk vol en die kerk leeg," lag Karen. "Ek het 'n ete-afspraak saam met Johan Smit by Alemera, en so terloops hy is 'n speurder, so moontlik ken jy hom."

"Bedoel jy Bulldog? Het hy kort swart hare, bruin oë met breë skouers?" wil Marie weet.

"Ja, maar waarom die naam Bulldog?" vra Karen.

"Ons aanklaers het hom die bynaam gegee, want hy is enige vrou se droom en 'n skelm se nagmerrie. Ek moet erken, hy is aantreklik en die vroue is nogal gaande oor hom, maar na sy vrou se dood so drie jaar gelede, leef hy net vir sy werk. Hy werk ook nou saam met mevrou Nell, die maatskaplike werker. Gesinsgeweld en kindermishandeling is sy forte," lig Marie die sluier oor Johan Smith, se doen en late.

Dit stel Karen gerus oor haar voorgenome afspraak. "Dankie vir die inligting, vriendin," sê sy.

"Gaan en geniet dit, en onthou ons koffie afspraak môre. Ek wil al die sappige detail hoor," waarsku Marie tergend voordat sy groet.

71

Karen ervaar 'n gevoel van opwinding terwyl sy stort, byna soos vlinders wat in die maag wat vlerke fladder. Na haar gesprek met Marie voel sy baie meer gerus. Sy moet erken Johan Smith het haar voete onder haar uitgeslaan.

'n Mosgroen toppie met 'n ronde hals, swart langbroek, netjiese swart hofskoene en haar gunsteling parfuum, gee haar die nodige selfvertroue vir die aand.

Johan wag op haar in die parkeerarea van Alemera. Hy glimlag en maak die deur vir haar oop toe sy haaar motor afskakel.

"Naand, Hartedief. Jy lyk asemrowend mooi vanaand."

Karen bloos effens oor die troetelnaam.

"Dankie, jy lyk self nie sleg nie."

Hy glimlag, neem haar aan die elmboog en stuur haar langs die trappies verby in die rigting van die tuin.

"Wow! Wow! Dit is ongelooflik mooi!" sê Karen verras.

Feetjieliggies en lanterns wat in die bome hang, verlig die tuin. 'n Tafel vir twee is in die hoek langs 'n spuitfontein gedek. Om 'n romantiese atmosfeer te skep, is teeliggies aan weerskante van die tafel geplaas, 'n silwer ysemmer met 'n bottle sjampanje en twee langsteel sjampanjeglase. Een rooi roos op 'n witbord rond die tafel af.

Karen is sprakeloos. "Dit is asemrowend mooi. Dankie, Johan!"

"Hartedief, jy het mos gesê dit gaan my kos." Sy oë is tergend en sag.

Dit word 'n onvergeetlike aand waarin hulle onderhoudend gesels en mekaar só beter leer ken.

"Die naam Bulldog ... waar kom dit vandaan?" wil Karen nuuskierig weet.

"O nè, jy het jou huiswerk gedoen sien ek," terg Johan. "Ek sal nooit die dag vergeet wat jy my hart gesteel het nie. Dit was 'n Vrydag gewees. Jy het met 'n pak hofdokumente die gang afgestap, op pad na Marie toe. Jou engelgesig, groen

72

oë en lang roesbruin hare, het my vir 'n ses geslaan … om van die mooiste paar kuite nie eers te praat nie!" Hy glimlag, neem haar hand in syne en bring dit tot by sy lippe om 'n sagte soen daarop te druk. Terwyl hy dit so vashou kyk hy diep in haar groen oë.

Karen ervaar 'n gevoel van tinteling deur haar lyf beweeg. Sy glimlag. "Ja, jou ou vleier," antwoord sy met 'n hees stem.

Te gou is die aand verby. Dit is net na 23:00 toe hulle opstaan om te vertrek.

"Dankie vir 'n wonderlike aand," sê Johan. Met dié kom 'n kelner aangestap met 'n bos rooi rose in die hand en oorhandig dit aan haar. Karen bedank hom, en neem die kaartjie. 'My hartedief' is al wat daarop staan.

Sy kyk met blink oë na Johan. "Dankie, dit is pragtig," sê sy.

Daar dans duiweltjies in Johan se bruin oë.

"My boetedoening vir 'n verkeerdelike arrestasie. Hopelik is ek vergewe?" Hy glimlag. "Kom, ry jy voor sodat ek jou veilig by jou huis kan besorg," sê hy met 'n vonkel in sy oë. "Is dit nou omkoop tegniek, hmm? Ek sal jou beloon met 'n beker koffie vir jou moeite." ·

Dit laat 'n warm, veilige gevoel terwyl Johan se kar die hele tyd reg agter haar bly terwyl sy huis toe ry. By die kompleks sleutel sy 'n kode in wat die hek laat oopskuif. Johan volg haar toe sy deur die hek ry. Met die afstandbeheer maak sy die motorhuis deur oop en parkeer haar motor.

Johan is dadelik daar om die deur vir haar oop te maak. Hy neem die voordeursleutel en sluit dit oop, staan dan terug sodat sy vooruit kan stap. Sy oog vang dadelik die stylvolle, maar ook huislike atmosfeer wat sy in die vertrek geskep het.

"Sit, maak jou tuis terwyl ek vir ons gaan koffie maak," nooi Karen.

"Wag, ek stap saam."

In die kombuis skakel sy die ketel aan en haal die bekers uit die kas. Johan se selfoon vibreer. Hy sien kaptein Swart se naam op die skerm.

"Verskoon my, ek sal moet antwoord," sê hy.

Karen sien die frons tussen sy wenkbroue, terwyl hy 'n kortaf gesprek voer.

"Karen, ons sal die koffie moet uitstel vir 'n ander aand. Iets het voorgeval. Ek is werklik jammer," sê Johan en soen haar vlugtig op die mond.

Die soen het haar onkant betrap en sy struikel oor haar woorde toe sy hom bedank vir die aand, en hom die kode van die hek gee.

Johan glimlag en knipoog vir haar. "Tot weersiens," groet hy.

Sy kalm front verdwyn egter die oomblik toe hy in sy kar klim. Woede is besig om in hom op te vlam toe hy ry en dit raak erger hoe nader hy aan 'n woning in 'n gegoede woonbuurt kom. Bure het die polisie gekontak nadat hulle die buurvrou hoor om hulp roep het, en 'n man hoor vloek en skel het. Mevrou Nell is ook gekontak, dus sal daar ook kinders by betrokke wees.

In vandag se dae ken bure nie meer mekaar nie, want almal skuil agter hoë mure. In die gejaagde lewe is daar skaars tyd vir mekaar, wat nog te sê van jou bure leer ken. Naweke speel drank 'n groot rol in stresontlading, wat dan weer in sommige gevalle bydra tot aanranding, moord, verkragting en molestering.

Johan is eerste by die adres, gevolg deur twee konstabels in 'n vangwa en mevrou Nell in die CMR bussie. Hy identifiseer homself oor die interkom en versoek dat hek oopgemaak word. Die elektroniese motorhek skuif stadig oop en hulle ry deur. 'n Man geklee in 'n blou denim, wit Themp en 'n paar leerskoene stap hulle tegemoet in 'n helder verligte tuin.

"Waarmee kan ek help?" vra hy kortaf.

"Meneer, ons ondersoek 'n klagte van rusverstoring. Kan ons asseblief ingaan, sodat ek die beweerde klagte kan onder-soek?'

"Hoekom?" wil hy bombasties weet. "Vra julle vrae en kry julle ry!"

Johan voel die woede wat soos 'n vulkaan in hom opbou en enige oomblik tot uitbarsting kan kom. Hy weet dit gaan 'n lang aand wees.

Hy dwing homself tot 'n kalmte.

"Meneer, kan ek asseblief met jou vrou praat?"

"Sy is nie tuis nie. Vroegaand het sy en my dogter by 'n vriendin gaan kuier."

"Het u dalk 'n kontaknommer waar ons haar kan kontak?"

"Nee. Julle het nou julle vrae gevra, so kry julle ry."

"Nie voordat ek seker gemaak het of daar iemand in jou huis is wat hulp nodig het nie."

"Het jy 'n lasbrief?"

Johan se geduld raak nou min.

"Meneer, staan asseblief eenkant laat ek die klagte kan ondersoek."

"Jou moer as jy dink jy kan netso in my huis instap."

Johan het genoeg gehad.

"Konstabel, arresteer die man vir dwarsboming van die gereg en lees sy regte vir hom."

Hy stap die huis in. Dit wat hy sien vul hom met afgryse en woede. Hy voel hoe sy wangspier spring terwyl hy op sy tande byt en sy duime in sy hande vasknyp.

Op die leersitkamerstel se dubbelbank sit lê 'n blondekop vrou met 'n bebloede gesig, geklee in 'n swart langbroek en 'n geel loshangende bloes wat ook bloedbevlek is. Langs haar staan 'n dogtertjie van so ongeveer drie jaar snikkend en huil.

Mevrou Nell kalmeer die dogtertjie terwyl Johan reëlings tref vir 'n ambulans om hulle na die hospitaal te neem en herinner dan die vrouekonstabel wat teenwoordig gaan wees tydens die ondersoek, om seker te maak die dokter voltooi die J88 vorm volledig. Te veel sake het al misluk deur onvoltooide of verkeerde vorms.

'n Moegheid spoel deur hom toe hy 'n rukkie later in sy kar klim en ry. Dit is sulke tye wanneer sy oupa se aanbod om as plaasbestuur te kom oorneem, vir hom aanloklik raak, dink Johan wrewelrig oor dit wat hy moes aanskou Wie weet, dalk eendag doen hy dit nog. Maar vir nou wil hy net in die bed kom, en droom van sy toekomstige vrou.

Hy glimlag. Karen Steenkamp weet nie dat hy werklik soos 'n bulldog is nie. As hy byt los hy nie. Hy doen sy bynaam beslis gestand. Vir haar gaan hy beslis nie laat wegkom nie!

Neels Pieters se selfoon vibreer in sy sak en met die uithaal, sien hy dit is Armand Greeff, sy handlanger. "Yes, Armand. Wat is nuus?" wil hy weet.

"Wil jou net laat weet die onderhandeling met Mohammed was suksesvol. So terloops, ek sien Karen en Bulldog kuier saam," en daarmee beëindig Armand die gesprek.

Woede blits in Neels oë terwyl hy 'n nommer op sy selfoon in sleutel.

"Ek het werk vir jou," is al wat hy sê toe die persoon antwoord.

Hy het haar gewaarsku, maar soos gewoonlik luister sy nie. Soos hulle sê, as jy nie wil hoor nie moet jy maar voel, dink hy en lag sadisties.

Hoofstuk 2

Karen lê droomverlore in die bed om die warm gevoel in haar maag nog 'n bietjie te koester. Die ligte aanraking van Johan se lippe op hare, was genoeg om haar heelnag te laat droom van hande wat verstrengel raak, lippe wat liefkoos en terg, asem wat jaag ...

Haar oog vang die horlosie en met 'n spoed vlieg sy uit die bed toe sy sien hoe laat dit is. Daar is beslis nie tyd vir droom indien sy betyds vir die parkrun wil wees nie! Sy gun haarself net 'n vinnige stort, gryp die naaste handdoek en begin haar droogvryf. Dankie tog vir 'n stortkappie, want tyd vir hare droogvryf is daar nie.

Met haar swart kortbroek, blou kortmou-hemp en 'n paar grys Nike tekkies, is sy gereed. Haar hare word sommer in 'n poniestert vasgemaak, en 'n blou pet op haar kop rond haar uitrusting af.

Soos vele ander, is sy byna verslaaf aan Parkrun, wat deel is van Suid-Afrika se kultuur net soos braaivleis, brandewyn en coke, en die afwagting tussen die voornemende deelnemers, is duidelik sigbaar. Mense staan in groepies en gesels ander doen strek oefeninge, terwyl daar gewag word vir die beampte om die reëls te kom voorlees. Dit geskied voor elke parkrun.

Toe die beampte sê: "Timekeepers!! Are you ready? Go!!" druk Karen die knoppie van haar Garmin Smartwatch om die stophorlosie te aktiveer. Sy versnel haar pas om uit die bondel te kom.

By die 1 km merk loer sy vinnig op haar Garmin wat haar spoed en tyd aandui. Nogal nie sleg nie, dink sy tevrede.

Uit die hoek van haar oog sien sy 'n man verbykom. Hy draf gemaklik teen 'n vinnige pas, maar sy kan nie help om sy gespierde kuite en breë raak te sien nie. Hy laat haar nogal baie aan Johan dink, veral die swart hare wat onder die rooi pet uitsteek. Sy twyfel egter of dit hy kan wees, want die ou lyk vars soos 'n oggendbriessie en nie 'n persoon wat tot laataand uitgegaan het en toe nog gaan werk het nie. Die spoed waarteen hy draf, beïndruk haar en sy versnel haar pas.

Die steilte langs die vliegveld laat haar kuite brand en haar asem jaag effens. Met die wat sy opkyk sien sy die man met die rooi pet vêr voor haar is. Sy is nou eers by die 2.5 km merk verby. Dit spoor haar opnuut aan.

Die tydhouer roep haar tyd uit: "35 min 28 sek!" Dit is haar beste en haar vyftigste parkrun. Onder groot toejuiging lui sy die klok. Dit is deel van die parkrunkultuur hoe jy 'n prestasie aankondig en Karen doen dit met trots.

Sy fynkam die area om te sien of die man met die rooi pet nie nog in die omtrek is nie, maar daar is geen teken van hom nie. Sy sal maar moet wag vir die amptelike uitslae op die parkrun se webblad om te sien of die man dalk Johan Smith was.

Marie Vermaak en Belinda van Biljon sit op hete kole en wag vir Karen, want hulle is nuuskierigheid om te hoor hoe het gisteraand se afspraak verloop.

"Uiteindelik!" sug Marie, terwyl terg-duiweltjies in haar blou oë dans, toe Karen by hulle aansluit.

"Vertel! Ons wil elke sappige detail hoor," por Marie aan.

Karen glimlag. "Daar is niks om te vertel nie," sê sy guitig

"Ag nee! Moet nou nie so wees wees nie," pruil Belinda.

Die kelner bring hulle koffie en plaas elkeen van hulle se koffie voor hulle neer met die houer van suiker en versoeters in die middel van die tafel. Hy vra beleefd of hulle nog iets nodig het, voordat hy wegstap.

"Vertel nou, asseblief!" soebat Marie behoorlik.

"Nou maar goed, as julle so aanhou." Karen sien die afwagting op hulle gesigte, en die terggees in haar skop in werking, derhalwe besluit sy om hulle siele nog 'n bietjie langer te versondig.

"In 'n neutedop... Dit was 'n baie lekker ete, maar toe is Johan uitgeroep en moes gaan werk," sê sy met 'n ernstige gesig, en wikkel haar skouers ongeërg.

Dit raak doodstil om die tafel.

"Bliksem!" verbreek Belinda die stilte.

"Mens sal sweer die man is getroud met sy werk? Kan jy glo ... onderbreek 'n afspraak vir werk? Ag nee man!!" blaas Marie stoom af.

Karen bars uit van die lag blaas 'n haarstring wat losgekom het uit haar gesig.

"Dit was die mees romantiese ete ooit. Tafel vir twee buite in die tuin langs 'n spuitfontein: feetjieligte, teeliggies, sjampanje op ys en 'n bos rose. Dan is hy nog sjarmant en konsidererend. Hy het agter my aangery om seker te maak ek kom veilig tuis. Toe doen ek maar die eerbare ding en nooi hom vir koffie, maar ons het nooit daarby uitgekom nie, want hy moes gaan werk. Moet sê hy het sagte lippe. Maak toe julle monde. Dit is brommertyd," lag Karen.

"Slaan my om met 'n pap snoek! Wie sou dit nou van ou Bulldog kon dink?" glimlag Marie ondeund.

"Wys jou nou net, moet nooit 'n man op sy baadjie trakseer nie," sê Belinda met 'n knipoog.

Karen vertel hulle van die hunk by die parkrun: breë skouers, gespierde kuite en stewig gebou. "Was dit nie dat Johan tot laat moes werk nie, het ek my kop op 'n blok gesit dat dit hy is," voeg sy by. "As ek op die plaas was, sou ek hom kon beskryf as 'n volbloed hings," skerts sy en die drie vroue giggel verspot oor die beskrywing.

"Sal nou nie kan sê of dit hy is nie, maar wat ek wel weet is dat hy gym of gaan draf wanneer hy nie werk nie. Hy en Sean Louw gaan draf gereeld saam," sê Belinda.

"Ons braai vanaand. Johan is ook genooi, dus aanvaar ons nie 'n nee van jou nie," waarsku Marie.

Karen glimlag en skud haar kop. "Nou maar goed, siende dat jy daarop aandring."

Met 'n sierlike duikslag kloof Johan die helder deursigtige blou water en swem 'n paar lentes. Na vanoggend se parkrun en nou die swem, voel hy weer mens. Net vinnig stort dan kan hy sy beloofde beker koffie gaan opeis by Karen. Hy raak haastig wanneer hy aan gisteraand se gebeure dink ... die verbasing op Karen se gesig, toe hy haar liggies gesoen het. Die opwinding borrel in hom, maar dit is van korte duur toe hy 'n rukkie later voor dooimansdeur te staan kom.

Dammit! Hoe onnosel van hom. Het hy nou werklik gedink na een aand se se afspraak dat sy hier op 'n Saterdag vir hom gaan sit en wag. Hy haal sy selfoon uit en skakel Marie met die hoop dat sy Karen se nommer sal hê.

Marie sien dit is Johan se nommer wat op haar foon se skerm verskyn. "En waaraan het ek die eer te danke? Onthou, ek is 'n getroude vrou, Sersant," antwoord sy tergend.

"Jy moenie vir jou staan en stuitig hou nie. Ek het jou hulp dringend nodig," sê hy.

"Nou laat ek hoor? Waarmee moet ek so ernstig help?"

"Het jy dalk Karen se selfoonnommer vir my? Asseblief, ek vra mooi. Ek sal vir jou sjokolade koop as jy my haar nommer gee," pleit Johan.

"Ek dog dan jy is so 'n goeie speurder, toe nou nie!" lag Marie. "En sjokolade maak vet! Onthou: a moment on the lips is a lifetime on the hips," terg sy.

"Moet jy so moedswillig wees?" brom Johan.

"Ek WhatsApp hom vir jou. Moenie laat wees vir die braai nie. So terloops het jy gaan parkrun vanoggend met 'n rooi pet op jou kop?"

"Ja, waarom vra jy?"

"Jou volbloed hings," lag Marie toe sy groet.

Johan frons en lig sy wenkbroue. As hy nie vir Marie geken het nie, sou hy gedink het sy het 'n dop teveel in.

Karen hou van die beeld wat sy in die spieël sien. Johan kom haar oplaai vir die braai en sy is nogal baie opgewonde daaroor.

Gekleë in 'n blou driekwart kortbroek, wat haar goed gevoremde bene beklemtoon. 'n Wit toeknoopbloes vou sag om die ronding van haar lyf vou. Haar rooibruin hare hang golwend los oor haar skouers. Wetend dat haar kurwes sag op die oog val, kry sy daardie opgewonde vlinder in die maag gevoel. Johan is 'n aantreklike, bedagsame man ... 'n ware gentleman soos hulle in Engels sê.

Dit is net voor ses toe hy die deurklokkie lui. Sy sien hoe sy oë oor haar lyf gly toe sy die deur vir hom oop maak, en hy binnestap.

"Karen, jy lyk asemrowend, begeerlik, verleidelik ... daar is nie genoeg woorde in my woordeskat om jou skoonheid te beskryf nie," glimlag Johan ondeund, en soen haar liggies op die voorkop.

Karen voel hoe haar hartklop versnel. "Dankie vir die kompliment, jy lyk self nie te sleg nie."

"Reg om te gaan?" wil Johan.

Karen glimlag sprankelend. "Ja!"

Johan hou die motordeur vir haar oop sodat sy kan inklim. Sy oë wat oor haar lyf streel veroorsaak 'n fladderende gevoel van opwinding in Karen se maag. Sy loer onderlangs na die paar fris bobene wat by sy kortbroek uitsteek sy en slanke vingers wat om die stuurwiel krul nie. Hulle gesels oor alledaagse goed terwyl hulle ry en weldra stop hulle voor hulle vriende se huis.

"Naand, julle!" verwelkom Jan Vermaak op sy joviale manier. Daar word oor en weer gegroet toe hulle by die ander aansluit.

Met 'n erenstige gesigsuitdrukking vra Jan vir Johan om in die rondte te draai.

"Vir wat?" Johan kyk hulle agterdogtig aan met 'n frons tussen sy oë.

"Ek wil net sien hoe lyk 'n volbloed hings," lag Jan.

"Lyk my jy en Marie weet iets wat ek nie weet nie," knor Johan met 'n frons tussen sy wenkbroue.

Karen voel hoe haar wange warm word. Sy skaam haar morsdood as Johan moet uitvind dat dit sy was wat dit gesê het.

"Kom, kyk ons nuwe toevoeging tot die familie," nooi Marie vir haar en Belinda.

"Nooit ooit weer vertel ek julle iets nie! My lips are sealed," vaar Karen ontstoke uit die oomblik toe hulle alleen is.

Marie lag. "Ek het net so terloops vir Johan gevra of hy gaan parkrun het met 'n rooi pet op sy kop. Toe hy sê dit was hy, het ek net 'n grap gemaak oor die volbloed hings. Vergeet nou daarvan. Jan sal niks verklap nie. Kyk liewer hier."

Opgekrul in 'n bondeltjie lê die oulikste klein spierwit katjie in sy bedjie en slaap.

"Ag moeder! Dit is te dierbaar," koer Karen. Met die maak die katjie sy oë oop en gaap terwyl hy uitrek. "Wow! kyk daardie pragtige blou oë," glimlag sy en buk om die katjie op te tel. "Ek is so lief vir diere, maar ons mag geen diere in die kompleks aanhou nie," sug sy.

Die manne is besig om more se krieket eindstryd tussen die Dolfyne en Leeus te bespreek toe die vroue weer by hulle aansluit.

"En toe, wat dink julle van die nuwe toevoeging tot die Vermaak gesin? Wil Jan weet.

Dis al uitnodiging wat Karen nodig het. Sy kan nie uitgepraat raak oor die pragtige katjie nie. Dit borrel behoorlik oor haar lippe. Haar passie en liefde vir diere kan gesien in haar oë en gesigsuitdrukking, terwyl sy uitwei oor die spierwit bondeltjie.

Hulle kuier tot laataand, maar uiteindelik trek Johan vir Karen orent. "Dankie, vir 'n heerlike aand, maar as julle ons sal verskoon, gaan ons nou ry."

Anders as toe hulle vroeër gery het, is daar hierdie keer 'n stilte tussen Karen en Johan. 'n Simfonie van naggeluide verwelkom hulle toe hulle by Karen se tuiste uit die kar klim.

"Kan ek nou daardie beloofde beker koffie kry?" flikflooi Johan.

"Is dit nie al te laat nie?" antwoord Karen. Sy sien die teleurstelling op sy gesig, en bars uit van die lag. "Natuurlik kan jy nou daai beloofde koffie kry, as jy belowe om jou te gedra," glimlag sy met 'n vonkel in haar oë.

'n Rukkie later sit hulle in die sitkamer met die koffie.

"Beplan jy iets vir môre?" vis Johan versigtig uit.

"En wat wil jy maak as jy weet, hmm? Om eerlik te wees ek het 'n baie belangrike afspraak met die televisie môre waar ek vasgenael gaan sit om die eindstryd tussen die Dolfyne en Leeus kyk," vertel sy onnutsig.

Johan gee 'n dimpelglimlag. "Wow! Die mooiste vrou het nie net my hart gesteel nie, maar deel ook my passie vir krieket en diere. Hoe gelukkig kan 'n man dan wees?"

Karen voel hoe haar wange gloei. Op nege-en-twintig reageer sy net soos 'n verliefde tiener, dink sy en staan op om die bekers kombuis toe te neem.

Johan staan ook op. "Tyd om te groet," sug hy.

Onverwags vou hy Karen toe in sy stewige arms, en trek haar nader teen sy borskas. Hy laat sak sy kop tot sy lippe aan hare raak en proe die soet van haar mond.

Die soen verdiep toe Karen haar arms om sy nek beweeg en haar lippe gaan gewillig oop, terwyl Johan se hande teen haar rug afbeweeg en om haar dye vou terwyl hy haar styf teen hom vastrek.

Sy liggaam reageer op die passie totdat rooiligte begin flikker. Stadig verslap hy sy greep en hou haar net styf vas.

"Dankie vir 'n wonderlike aand, Hartedief. Ek sal vir die eetgoed sorg dan kyk ons die krieket saam môre," skimp Johan.

"Wat laat jou dink, ek het nie 'n ander afspraak nie, hmm?" terg Karen effens in 'n dwaal.

"Dan sê ek jammer vir my voorbarigheid." Sy gesig weerspieël egter niks van die gevoel nie.

"Jy is meer as welkom, en moenie skaam wees met die eetgoed nie," glimlag sy.

Voor Johan nog iets kan sê gee sy hom 'n vinnige piksoen. "Lekker slaap!"

Hy kan net glimlag toe hy omdraai en vir haar waai.

Haar spontaniteit is 'n eindelose fontein waaruit hy sy lewe lank sal kan drink.

Met haar rug leun teen die houtdeur gestut, poog Karen eers om haar emosies onder beheer te kry, want haar bene voel nog wankelrig na daardie intense soen. Dis goed dat Johan so 'n gentleman is. Sy sou maklik beheer kon verloor. Haar lyf hunker na meer ... báie meer!

Met slaap die laaste ding op haar brein, stap Karen uit in die tuin en gaan sit op die tuinbankie, terwyl sy haar verlustig aan die prag van die sterrehemel. Die koel aandlug, die roep van 'n uil in die verte en die simfonie van naggeluide bring 'n kalmte oor haar. Sy sien uit na 'n nuwe hoofstuk in haar lewe, maar die dreigement van Neels bly by haar spook.

Nog voor die son sy strale behoorlik kon uitsprei, wip Karen uit die bed, trek die gordyne oop en asem die vars oggendlug in. Die vrolike gekwetter van voëls en die gekoer van duiwe is musiek in haar ore. Kaalvoet stap sy kombuis toe en skakel die ketel aan. Haar neusvleus word geprikkel deur die aroma van die koffie toe sy die kookwater byvoeg. Sy plaas haar beker stomende koffie op die koffietafel, en vou haar bene onder haar in op die rusbank. Die warm, soet vloeistof en die dansende sonstrale vul haar met 'n gevoel van opwinding.

Haar selfoon lui. Dis haar pa en sy is bly om sy stem te hoor. Hulle praat nie lank nie en Karen glimlag toe sy weer die selfoon neersit. Dit is 'n spesiale dag vir haar pa, want nie net speel sy span in die finaal nie, maar is dit ook vir hom die einde van 'n suksesvolle loopbaan as krieketafrigter. Sy kon die emosie, en spanning in sy stem hoor.

Toe haar beker leeg is, staan sy op, strek haar uit en neem die beker kombuis toe om dit uit te spoel. Daarna is dit tyd om aan die gang te kom en sy stap badkamer toe om te gaan stort.

Met die koel water wat oor haar kop stroom is daar nie tyd vir droom nie, dink sy. Vinnig druk sy die water uit haar hare en vryf haar lyf droog voordat sy die handoek om haar draai en voor die spieëlkas gaan sit om haar hare droog te blaas. Vir 'n oomblik flits Neels se gesig voor haar verby en 'n koue rilling skok deur haar lyf.

Hoofstuk 3

Johan het vroegoggend gaan draf, net om die tyd te verwyl. Terwyl hy so onder die stort staan en die koel water sy warm lyf afkoel borrel die opwinding in hom. Hy is erger as 'n matriekseun op sy eerste date, dink hy met 'n glimlag. Gewapen met 'n sak vol biltong, droëwors, aarbeie en room, lui hy die voordeurklokkie. Hy is vroeg, maar hy kon nie meer langer wag nie.

Karen is so versonke in haar eie gedagtes, dat sy wip van skrik toe die deurklokkie lui. "Ek kom!" roep sy en stap kaalvoet gangaf. Sy kyk deur die loergat en sien dit is Johan. Toe sy die deur oopmaak, stap Johan in en mik sommer dadelik kombuis toe om die sak versnapperings daar te gaan neersit

"Jy is vroeg!" sê Karin,

Johan neem haar in sy arms en begrawe sy gesig in daardie rooibruin hare van haar, terwyl hy die unieke geur van haar diep inadem. Sy mond streel vlindersag oor haar lippe.

Hy kyk tergend op.

"Dit is mos hoe 'n mens groet. Sien ek kom nog uit die ou boeretradisie se dae waar 'n mens gesoengroet het," sê hy.

"Pff, jy sal jou wat verbeel ... nogal ou skool," lag Karen, "en vir jou straf gaan jy koffie maak, terwyl ek my prentjie inkleur," sê sy met 'n pruilmond.

"Kan ek jou kom help? Glo my, ek is baie handig met 'n poeierkwas en potlood," vra Johan met 'n sedige gesig.

"Nee, dankie. Dit is van die wal af in die sloot in help," keer Karen vinnig, terwyl 'n lastige blos oor hals na haar wange skiet en vlinders onder haar naeltjie baljaar.

Met 'n sagte gesigsuitdrukking en vonkel in sy oog, kyk hy haar begeerlik agterna toe sy vinnig wegstap. Nie net maak sy iets in hom wakker wat hy gedink het, verlore is nie, maar hy dink dat hy klaar sy hart op haar verloor het.

"Jy staan so lekker en droom. Kom nie eers agter die ketel het gekook nie," praat Karen onverwags langs hom. Sy glimlag tergend.

"Nou hoe dan anders. In my geestesoog het ek nou net gesien hoe stoei ek met ons seun op die mat," laat Johan met 'n ondeunde glimlag hoor.

Karen voel hoe haar wange verkleur. "Jy moet jou staan en laf hou!"

'n Rukkie later sit hulle voor die TV. Die spanning is voelbaar, nie net op die grasvelde en palviljoene van Kingsmead nie, maar ook in Karen se sitkamer, waar sy en Johan vasgenael voor die TV-skerm sit. Met een boulbeurt oor is daar min te kies tussen die twee spanne. Dolfyne benodig nege lopies van ses balle, die Leeus twee paaltjies, of hulle moet die Dolfyne beperk tot minder as agt lopies om die wedstryd te wen.

Die skaal swaai onverwags in die guns van die Leeus, want die Dolfyne benodig twee lopies van die laaste bal.

"Nou is dit gaan groot of gaan huis toe vir die Dolfyne," sê Johan vir Karen met 'n bekommerde uitdrukking op sy gesig.

Die kommentator gee weer 'n opsomming van die veldplasing, terwyl Tristiaan gereed maak om die laaste aflewering te boul." Hy draai vir die tweede lopie terwyl die veldwerker die bal inskiet na die paaltjiewagter. Die dwarsbalkies word gelig, terwyl Riaan op sy maag kolf uitgestrek oor die kolfblad skuif. Drama! Drama," bulder sy stem oor die TV-skerm, wanneer die die beslissing na die derde skeidsregter verwys word. Die skare is doodstil, terwyl daar in spanning op die beslissing gewag word. Die beeld word oor en oor gewys. Not Out, verskyn die beslissing op die skerm.

Johan en Karen spring in die lug en juig, dan is hulle in mekaar se arms. Hy knabbel liggies aan haar oorbel en adem haar geur in, terwyl haar hande onder sy hemp inglip en stadig teen sy gespierde borskas opbeweeg en verken. Karen voel hoe sy tepels verhard onder die sagte aanraking van haar hande.

Sy kreun toe sy lippe hare oopdwing en sy tong hare lok en terg. Haar bloed vloei soos warm lawa deur haar lyf, toe Johan sy hande onder haar bloes inglip en hy liggies oor haar rug streel.

Die skril skel van Karen se selfoon onderbreek die intieme oomblik. Sy moet eers haar asemhaling onder beheer kry voor sy met 'n skor stem antwoord.

"Is jy siek of onderbreek ek dalk iets?" wil Marie nuuskierig weet.

"Nie een van die twee nie," antwoord Karen met 'n warm blos oor haar wange.

Johan het sy emosie onder beheer toe Marie die gesprek beindig en Karen weer langs hom op die bank kom sit.

"Kom, ons gaan vier die oorwinning met 'n braai by my huis, dan kan jy ook my ma ontmoet, want sy brand behoorlik om te sien wie die vrou is wat haar seun se hart gesteel het. Asseblief?" smeek hy met 'n dimpelglimlag.

"Hoe kan ek nou vir so 'n mooi glimlag en onskuldige gesig nee sê," vra Karen onnutsig.

"Yes! Ek laat net gou my ma weet ons is op pad."

"Nie so haastig nie, Meneer. Ek wil eers vir ons 'n mengelslaai maak, en jy kan my daarmee kom help."

"Jig, hasiekos?" vra hy met 'n skewe gesig. Die kyk wat Johan van Karen kry laat hom uitbars van die lag. "Ek grap net. Slaai is my ma se stapelvoedsel, dus het ek nie n keuse om dit te eet nie."

In die motor op pad na sy huis toe, vertel Johan haar van sy ma. Karen sien die sagte gesigsuitdrukking en deernis op sy gesig terwyl hy van sy ma praat. Hy vertel haar dat sy ma 'n onderwyseres by die plaaslike laerskool is, en gratis in 'n woonstel by die koshuis bly. Sy moet net toesig hou tydens studietye. Hy sê ook dat hy nie sy pa ken nie, alhoewel hy nie uitwei daaroor nie.

"Na Lanie se dood het my ma elke naweek by my kom bly om te kloek soos 'n moederhen oor haar kuiken, om seker te maak ek eet en rus," sê hy met 'n skewe glimlaggie. Die manier hoe hy van sy ma praat spreek net van liefde.

"Praat jou ma soms met jou oor jou pa, en sal jy hom graag eendag wil ontmoet indien die geleentheid hom voordoen?" vra Karen belangstellend.

Johan lag. "Kyk, as my ma oor my pa en hulle liefde praat wat jare gelede by 'n CSV kamp begin het, sal jy in trane wees, en ja ek sal graag my pa wil ontmoet. Die noodlot het hulle net 'n slegte streep getrek."

Bonsie, 'n klein Jack Russel kom aangehardloop oor 'n tapyt van pers jakkaranda blomme wat oor die lowergroen gras uitgesprei lê, toe hy Johan se kar by die hek sien inry. Johan het skaars gestop, toe is Bonsie op sy skoot en gee hom 'n lek in die gesig. Woeps, wip hy op Karen se skoot en nog voor hy kan keer, kry Karen ook 'n lek van verwelkoming.

"Bonsie, kom hier! Jy is is stout," raas Pauline met die woef, maar hy swaai net sy stert en hardloop weer na Johan toe. Karen kan nie anders om te lag vir die hondjie se manewales nie.

Lag blink in Pauline se bruin oë, terwyl sy hulle tegemoed stap.

"Uiteindelik kan ek jou van aangesig tot aangesig ontmoet. Welkom hier by ons. Ek het al so baie van jou gehoor, en nou kan ek sien waarom my seun sê jy het sy hart gesteel," sê Pauline met 'n glimlag en 'n sagte gesigsuitdrukking in haar oë.

"Dankie, Tannie," antwoord Karen.

"Ek gaan solank die vuur aansteek," sê Johan en skud sy kop, want hy weet wanneer sy ma eers aan die gesels raak, het sy geen benul van tyd nie.

Al geselsend stap Pauline en Karen die huis binne om alles in gereedheid te kry vir die braai.

Karen ervaar die gevoel van moederliefde wat sy al so baie jare mis. Die sagtheid van 'n moeder se hart wat met deernis en liefde na 'n kind omsien. Haar pa het haar met liefde en sorg grootgemaak, maar moederliefde is anders, veral tussen 'n ma en dogter, want daar is goed wat jy net met 'n ma kan bespreek. Sy vertel vir Pauline van haar ma, die ongeluk, en die liefde waarmee haar pa haar groot gemaak het. Spontaan gee Pauline haar 'n moederlike drukkie.

"Dames, die kole is aan die gloei. Kan ek vir julle iets skink om te drink?" vra Johan, terwyl hy vir hom 'n bier uit die yskas haal.

"Lemmetjie geur Breezer, met baie ys vir my," sê Pauline.

"Dieselfde vir my, dankie," antwoord Karen.

Bonsie stertjie agterna en verjaag al blaffend 'n duif wat waag om water uit die voëlbad te kom drink.

"Bonsie!" roep Pauline, maar ore is min. Toe Johan fluit, kom hy aangehardloop, stertswaaiend en die onskuld vanself. Karen lag en sak af op haar knie om sy kop te vryf en steel sodoende nog 'n hart.

Die geur van braaivleis wat in die lug hang, is hemels. Dit prikkel Karen se neus en sy voel honger, ten spyte van hulle gepeusel tydens die krieketwedstryd.

"Dit is so 'n heerlike aand, ons kan netsowel hier buite onder die lapa eet. Kom help my met die eetgerei, Johan, dan dek ek sommer hier tafel vir ons."

"Sit, Tannie, ek sal Johan help, want my jis is al deurgesit van al die krieket kyk," bied Karen aan. Al stertswaaiend hardloop Bonsie saam.

Hulle het skaars klaar geëet toe Johan 'n WhatsApp boodskap ontvang. Terwyl hy dit lees hou Pauline hom onderlangs dop en vir 'n breukdeel van 'n sekonde sien sy woede uit daardie bruin oë blits. Sy wens so hy wil sy oupa se aanbod aanvaar en gaan boer.

Daar word nog 'n ruk lank lekker gesels en gelag voor Johan begin opruim. Toe Karen opstaan om hom te help, keer Pauline haar, want sy weet iets jaag haar seun. Deur besig te bly is al hoe hy sy emosie onder beheer kan kry.

"Ons beter groet; môre is dit weer blou Maandag," sê Johan later, terwyl hy Karen aan die hand optrek en styf teen hom vasdruk.

"Baie dankie vir 'n heerlik aand, Tannie. Ek is werklik bly om tannie te kon ontmoet," groet Karen.

"Die plesier is myne," glimlag Pauline en gee Karen 'n stywe drukkie.

Toe hulle by Karen se huis stop, neem Johan haar huissleutel, sluit die deur oop en stap saam met haar in.

Karen bedank Johan vir 'n wonderlike dag, terwyl hy haar in sy arms neem en soen tot haar voete kielie.

"Vanaand beter ek nie langer kuier nie, Hartedief," sê Johan skor. Karen knik instemmend. Hulle kan maklik beheer verloor.

Johan vloek toe hy van Karen af wegry. Nog twee meisies het verdwyn. Dit voel vir hom hulle veg 'n verlore stryd. Woede brand soos 'n kool vuur in sy binneste, want daar is net nie 'n einde nie.

Hierdie sindikate wat die webtuistes opstel, is so uitgeslape. Alles lyk so geloof-waardig en met die stygende werkloosheid-syfer, raak mense desperaat vir werk.

Die ergste van alles is, jy weet nie wie kan jy vertrou en wie nie, aangesien korrupsie hulle tentakels oral in het. Hy wonder of daar nog 'n land is waar die Kommissaris van Polisie al tronkstraf opgelê was. Die wat nie korrup is nie, word weer gedreig en dit is nie leë dreigemente nie.

Die aanslag op kolonel Gerber en sy gesin se lewe getuig daarvan. Die trauma waardeur hy en sy gesin is, laat blywende letsels met gevolge wat vernietigend is. Dit laat by hom die vraag ontstaan of al die opoffering die moeite werd is.

Hoofstuk 4

Neels Pieters, geklee in 'n blou snyerspak, wit hemp, blou en geel gestreepte das, staan met sy hande in sy broeksakke by die venster en uitkyk. Met 'n grynslag op sy gesig en wellus in sy blou oë, kyk hy hoe die blondekop vrou in haar tweestukbaaikostuum lê en sonbaai langs die swembad. Sy moet dit maar geniet, want volgende week is sy deel van Mohamed se harem in Saoedi-Arabië dink hy. Wie weet? Dalk geniet sy dit om vir ou Mohamed te paradeer. Sy selfoon vibreer en Armand se naam verskyn op die skerm.

"Yes, Armand! Het jy vir my goeie nuus?" wil Neels weet.

"Die twee taxi's van Mosambiek is veilig deur die grenspos op pad na die Goudvelde, die ander Taxi van Nongoma na Johannesburg is ook so te sê op pad. William Louw het nuwe aanloklike webwerwe opgestel: modelwerk, verpleging, au pair en onderwys. Al die vorige webwerwe se IP adresse is skoongevee en geen vinger kan na enige van ons gewys word nie. Hy het ook ons kliënte databasis opgegradeer: verskaffers, aankopers, asook moontlike verskaffers en aankopers.

Ons manne by die doeane-sekuriteitspunte by O.R. Tambo lughawe en Heathrow lughawe, het die groen lig gegee. Roelien de Beer vlieg môreoggend om 10:00 vir haar sogenaamde au pair werksonderhoud, met ons besending tik. Die ongeveer 30kg ter waarde van ses miljoen rand, is netjies versteek in die vals bodems van haar bagasie. Jackie Struwig vlieg môreaand 20:00 van King Shaka lughawe na Dubai en van Dubai gaan sy na Saoedi-Arabië waar Mohamed haar dan sal ontmoet.

Mohamed het die geld na die Umgeni-ontwikkelingsfonds oorgeplaas," lig Armand hom in.

"Dankie, jy maak my dag. Ek moet erken ek is nogal beïndruk. Maak seker meneer Zwane, hoof van doeane is op ons boeke," beveel Neels.

Hy kan nie wag om die uitdrukking op Karen se gesig te sien, wanneer sy voor hom staan en hy haar aan sy belofte herinner nie.

Sy oë dans oor Jackie Struwig se slanke lyf daar waar sy langs die swembad lê en vind rus op die sagte ronding van haar ferm borste. Hy voel hoe die drang van wellus in hom toeneem. Aangesien sy môreaand vlieg, kan hy haar netsowel nou daarvan gaan verwittig en sodoende sy betaling opeis. Die gedagte laat sy bloed soos lawa deur hom vloei, terwyl hy met sy regterhand oor die agterkant van sy kop oor sy swart hare vryf.

Jackie is so meegevoer in haar gedagte wêreld dat sy ruk van skrik, toe Neels langs haar staan en praat.

Neels draai die sjarme kraantjie oop toe hy haar van die vlug reëlings vertel. "Kom! Ek het vir ons 'n bottel Franse sjampanje op ys om die goeie nuus mee te vier," deel hy haar glimlaggend mee.

Jackie se gesig straal van vreugde.

"Dankie! Dankie! Ek sal jou ewig dankbaar wees, want jy het my droom vlerke gegee," sê sy opgewonde en swaai haar lang slanke bruingebrande bene grasieus van die lêstoel af.

Na die derde glasie sjampanje staan sy op en kom staan voor Neels met 'n stout glimlag op haar gesig. "Laat my toe om jou behoorlik te bedank," pruil sy.

In sy binneste grynslag hy. Indien sy weet wat op haar wag, sal sy hom nie wil bedank nie, maar eerder wil vermoor.

Hy glimlag, met kilheid in sy oë: "Waarvoor wag jy?"

Jackie kom sit wydsbeen op sy skoot, terwyl sy hom liggies soen en liefkoos. Haar hande vleg deur sy hare en dan begin hy haar terug soen. Die soen verdiep en Neels se hande beweeg oor haar bene, dan teen haar rug op waar hy die bostuk van haar baaikostuum losmaak waarna sy hande om haar stywe borste skulp. Sy kreun en wikkel haar heupe. Met een beweging lig hy haar op en lê haar op die bank neer, terwyl hy haar lyf met sy tong begin terg.

Jackie uiter 'n sagte kreun toe hy haar oor die afgrond van genot laat stort, terwyl naskokke van genot nog in haar lyf kuier en haar asem onreëlmatig is.

'n Selfvoldane glimlag krul later om Neels se lippe. Alles loop volgens plan, dink hy, terwyl hy 'n sluk van sy whisky vat. Die volgende punt op sy agenda is die afrekening met Karen. Verbeel jou sy verruil hom vir 'n ou speurder, en dit nogal ou Bulldog.

Daar word vrolik gegiggel, gelag en gesels in die taxi. Die vooruitsig van 'n stadslewe, blink liggies, met werkbeloftes en 'n beter lewe laat die adrenalien pomp en die oë blink van die jong vroue op pad na Johannesburg. Die oorverdowende musiek wat blêr oor die klankstelsel, dra by tot die plesierigheid. By die Vryheid afdraai op die R34, so ongeveer 127.8 km van Vryheid af, kyk Dumisani en Hamilton vir mekaar en glimlag, want die rit bring vir hulle honderd-duisend rand in die sak.

"Bliksem!" Uiter Dumisani 'n kragwoord, terwyl hy spoed verminder en die klank sagter stel.

"Ek was onder die indruk dat Sibia gesê het die pad is oop," brom Hamilton.

Dumisani laat sy venster sak, terwyl die konstabel en verkeersbeampte nadergestap kom.

Hy voel hoe elke spier in sy lyf saamtrek, terwyl die sweet op sy voorkop uitslaan wat hy met 'n vinnige handbeweging afvee.

"Goeienaand," groet hy vriendelik.

Die kaptein kom ook nadergestap, terwyl die verkeerskonstabel Dumisani se bestuurderslisensie nagaan. Nadat die verkeersbeampte sy roetine inspeksie op die taxi se padwaardigheid uitgevoer het, versoek die konstabel hom om die bagasieruim te kom oopmaak.

Die kaptein frons toe hy die klomp jong vroue in die taxi sien. "En waarheen is julle op pad dat julle so vrolik lag en gesels?" vra hy. Byna gelyktydig antwoord hulle hom.

"Op pad Johannesburg toe vir werk." Hy knik sy kop ter bevestigend, maar iets pla hom. Hy kan nou net nie sy vinger daarop lê nie.

Dumisani se gesig ontspan en hy groet vriendelik toe die konstabel hom die groen lig gee om te ry, maar voor hy nog die sleutel kon draai, roep 'n stem van agter af: "Ek wil nie Johannesburg toe gaan nie!"

Die kaptein beveel Dumisani en Hamilton om uit die taxi te klim, terwyl die konstabel die sydeur van die taxi oopmaak om met die meisie te praat. Sweet pêrel op Dumisani en Hamilton se voorkoppe is duidelik sigbaar om hulle senuweeagtigheid te verraai.

Die meisie vertel dat Dumisani vir haar oom 'n rol tweehonderd randnote gegee het, waarna haar oom haar toe gedwing het om saam met hulle Johannesburg toe te gaan.

"Konstabel, arresteer die twee en lees hulle regte voor, terwyl ek reël dat die jong vroue vir ondervraging na die speurders se kantore geneem word," beveel kaptein Nel, waarna hy brigadier Nene skakel om hom op hoogte van sake te bring.

"Dankie, kaptein Nel! Hierdie mag dalk net die deurbraak wees wat ons nodig het. Mensehandel raak nou 'n groot probleem. Die inligting gaan ek na die Valke deurgee vir ondersoek, maar ek sal jou op hoogte hou van al die reëlings."

Die skel van die telefoon laat Neels wakker skrik. Voel-voel steek hy sy hand uit tel die foon op; antwoord nog half deur die slaap.

"Neels, hallo,"

Hy herken Armand se stem toe hy sê: "Neels, ons het groot probleme."

Neels is nou wawyd wakker en sit regop in die bed met 'n vraagteken tussen sy wenkbroue. "Wat is die probleem?" wil hy weet.

Armand Greeff lig hom in van Dumisani en Hamilton se arrestasie by die padblokkade net voor Vryheid.

"Bliksem! Het Sibia dan nie gesê die pad is oop nie? Natuurlik nie sy werk gedoen nie, en vanselfsprekend aanvaar dat alles reg is. Daar wag 'n verrassing op hom!" grom Neels.

"Wat is ons plan van aksie?" wil Armand bekommerd weet.

"Ek sal jou laat weet, maar vir nou doen julle niks," beveel Neels.

Emosie van woede, haat en wraak vloei soos 'n stroom riool deur sy gedagtewêreld. Hy loop op en af soos n vasgekeerde dier in 'n hok met oë wat blits. As die twee praat, kan dit hulle operasie kelder. Hulle sal by hulle eerste hofverskyning, uitgehaal word.

Sibia se slapgatheid kos hom baie geld, daarom gaan hy van hom 'n voorbeeld maak, sodat die ander dááruit kan leer. Dit wakker sy woede teenoor Karen ook aan.

Pauline is so meegevoer in haar boek dat hoor en sien kan vergaan om haar.

"Middag ma! En waarom is die veiligheidshek nie gesluit?" wil Johan weet.

"Hiert jy! Vir wat laat jy jou ma so skrik? Jy sal my hart gaan laat staan," raas Pauline en verduidelik dan. "Wilma is in en uit hier. Die dat ek nie die hek gesluit het nie. En waar is Karen dat jy so alleen rondloop?" vra sy.

Johan gee 'n breë dimpelglimlag. "Karen het gaan gym," lig hy sy ma in, terwyl hy homself tuismaak op die rusbank en een van sy ma se storieboeke optel. "Met die voorblad, lyk dit soos 'n hygroman," skerts hy met 'n ondeunde gesig.

"Jy moet jou nou staan en stuitig hou. Laat ek eerder iets te drinke gaan maak, want lyk my jy is weer vol streke vandag." Met die wat sy verbystap gee sy hom so 'n ligte pluk aan die oor.

"Dit sal jou leer mens mors nie met jou ma nie," laat sy laggend hoor met oë wat net liefde uitstraal, terwyl sy 'n bruin haarsliert uit haar gesig vee.

Met die beker koffie in die hand, vertel hy sy ma van die twee besluite wat sy hele lewe gaan verander.

"Dit is wonderlike nuus! Jou oupa raak oud en hy het lankal nie meer die krag om die boerdery te behartig nie, maar hy sal dit nooit erken nie. Wat is Karen se reaksie op jou planne?" wil sy nuuskierig weet.

Johan glimlag. "My liewe ma, niemand weet van geen sout of water nie. Ek wou dit eers met ma bespreek, maar duidelik laat my besluit ma in die wolke sweef. Daardie glimlag spreek boekdele," skerts hy.

"Ek moet erken, vir 'n beter skoondogter kan ek nie vra nie. Jou besluit om te gaan boer maak hierdie ou moederhart galop van vreugde," sê sy jubelend

"Ek moet môre weer Durban toe vir 'n vergadering. Dit is nog 'n rede vir my besluit om te bedank, want ek wil nie meer van die huis af weg wees nie. Ek het nou belange om te beskerm," skerts hy blinkoog, terwyl hy die veiligheidshek sluit.

Pauline strek haar lang slanke bene voor haar uit, en verdiep haar vêrder in die bladsy van die roman. Sy raak skoon droomverlore soos die skrywer haar betower. Dit is asof hy spesiaal vir haar skryf en die feit dat niemand weet wie die skrywer is wat onder die skuilnaam A&P skryf, fassineer haar nog meer. Haar mooi bruin oë versluier vir 'n breukdeel van 'n sekonde toe sy wonder hoe haar lewe sou wees indien die tegnologie van vandag twee en dertig jaar gelede beskikbaar was.

Adriaan was haar eerste en enigste liefde; inteendeel om eerlik te wees, het sy nog 'n spesiale plek in haar hart vir hom na al die jare.

Sardonies lag Neels, terwyl hy Armand meedeel van sy aksieplan. "Ek wil jou en Zungu môreoggend 10:00 by my huis sien! Hierdie keer is daar geen ruimte vir foute nie. Die logistieke reëlings is ook in plek, dus is daar geen verskoning vir enige misverstande nie. Jy sal persoonlik in beheer wees vir die uitvoering van die plan," beveel hy.

Hierdie man is gewetenloos, want geen mens met 'n hart en siel is so ongenaakbaar nie, dink Armand, toe hy sy selfoon optel om Zungu van die reëlings te verwittig. Hy weet omdraaikans is daar nie meer nie.

Hoofstuk 5

Daar is 'n selfvoldane glimlag op Neels se gesig toe Armand en Zungu by hom opdaag.

"Voordat ek die plan van optrede met julle gaan bespreek, is daar eers iets wat ek julle wil wys.

Kom! Stap saam met my," beveel Neels, terwyl hy snedig lag.

Skok, vrees en afgryse ruk deur Armand, terwyl die sweet op sy voorkop pêrel en lamheid sy ledemate laat wankel, terwyl hy met pieringoë na die toneel voor hom staar. Uit die hoek van sy oog gewaar hy hoe Zungu sy hande oor sy mond slaan en met afgryse voor hom uit staar.

Neels gee 'n sardoniese laggie en kyk hulle met kil oë aan.

"Dit is wat gebeur wanneer 'n man nie sy werk behoorlik doen nie en my 'n klomp geld uit die sak jaag," laat hy kras hoor.

Neels beveel Zungu om die emmer water wat langs die stoel staan, in Sibia se gesig te gooi. Dit het ook die gewenste uitwerking waarop hy gehoop het.

"Sny die toue los, en kry hom hier uit," beveel hy bars.

Armand en Zungu gooi Sibiya se arms om hulle nek en sleep hom weg.

"Wikkel! Daar is baie werk wat gedoen moet word," blaf Neels

Die harteloosheid en ongenaakbaarheid van Neels begin aan Armand vreet soos kanker, en hy weet nie meer vir hoe lank hy nog so kan voortgaan nie. Hy het al selfdood oorweeg en wou al alles op die lappe bring. Dan dink hy weer aan die skande en wat dit aan sy vrou en kinders sal doen indien hy moet tronk toe gaan. Dus het hy geen ander keuse, behalwe om saam met Neels te werk.

Neels kyk Armand onderlangs aan. "Iets fout? Jy lyk maar bleek om die kiewe," wil hy weet.

"Niks fout nie. Jy kan maar met die voorlegging begin," brom Armand.

Neels begin die plan van optrede met hulle te bespreek.

Sibisi en Nkosi sal Dumisani en Hamilton elimineer. Die wegkommotor, 'n wit BMW sal deur William bestuur word. Ongeveer twintig kilometer buite Vryheid op die R34 aan die linkerkant is 'n biltong- stalletjie; dit is waar die motor en nommerplate omgeruil sal word. William sal met die wit BMW wat Dlamini bestuur het, terugkom Vryheid toe, terwyl Dlamini verder met William se motor Durban toe ry. Een van hulle eie vragmotors sal dan vir Sibisi en Nkosi – wat net voor die biltong stalletjie afgelaai is – terugbring, waarna hulle dan met 'n ander vragmotor Johannesburg toe geneem sal word.

"Maak 'n fout en ek verseker julle wat met Sibia gebeur het, sal lyk soos 'n kinderkranspartytjie wanneer ek met julle klaar is!" bulder Neels.

Armand laat sy tong oor sy lippe beweeg, terwyl sy handpalms begin sweet en 'n wangspier spring. "Is al die moord werklik nodig?" wil hy weet, terwyl hy Neels in die oë kyk. Die koue oë wat na hom kyk, vul hom met afgryse.

Dankie tog die vergadering is verby, net groet dan kan hy ry, dink Johan. Met 'n stewige handdruk groet hy vir kaptein Nel en sersant Strydom. Met 'n "Totsiens," en 'n handwuif groet hy die ander.

"Gaan jy nie bly vir ete nie?" wil kaptein Nel weet.

"Nee Kaptein. Daar is 'n beeldskone dame op my wag," sê hy met 'n breë glimlag.

"Nou maar toe, moet nie dat sy te lank wag nie," beveel kaptein Nel met 'n glimlag.

Die selfoon netwerk is al weer af. Johan frons. Wat help dit mens het 'n foon en geen sein nie? Met 'n krag woord druk hy die foon weer in sy hempsak. Hy is net verby die Ulundi afdraai op die R34 op pad Vryheid toe, toe hy die radio aanskakel om nuus te luister.

"Hier volg die nuus gelees deur Steven Voster.

"Mevrou Vermaak se toestand is kritiek, maar stabiel. Dit volg op vanoggend se skietvoorval waar die twee vermeende beskuldigdes in die mensehandel saak doodgeskiet is."

Namate die nuusleser meer inligting gee, besef Johan wie die slagoffer is van wie daar gepraat word. Angssweet pêrel op sy voorkop, terwyl sy hartklop versnel en hy voel hoe die bloed uit sy liggaam dreineer. Dan verander sy angs in woede, hy verwissel van rat en trap die petrolpedaal weg. Die revolusiemeter hardloop in die rooi voor hy weer van rat verwissel. Sy bruin oë is twee vuurbolle wat in die truspieël na hom terugkyk en sy kneukels vertoon wit soos wat hy die stuurwiel vasklem.

Hy maak korte mete van die hospitaal gang toe hy Karen voor die waakeenheid sien staan. Johan vou haar stewig toe in sy gespierde arms en vir lank staan hulle netso, terwyl hy sy hand oor haar sagte rooibruin hare streel en haar lentegeur sy neusvleuels prikkel. Karen se groen oë swem in trane.

"Marie is buite gevaar, maar die dokter sê hy gaan haar oornag nog in die waakeenheid hou, aangesien hy bang is die wond kry infeksie in," sê Karen snikkend.

Die verligting is duidelik sigbaar op Johan se gesig. In sy 31 jaar het hy nog nooit só groot geskrik nie, dink hy, terwyl hy met sy linkerhand oor sy bos swart hare vee.

"Kom, ons gaan kry iets te drinke," sê hy en neem haar Karen aan die hand terwyl hulle in die gang afstap.

Die koffie doen hulle albei goed en Johan onthou meteens van die goeie nuus wat hy met Karen wil deel.

"Ek is so bly Marie is buite gevaar, want vanaand het ek groot nuus om met jou te deel," sê hy met tergduiweltjies wat ronddans in sy oë terwyl hulle terugstap. "Trek daardie rooi nommertjie aan vanaand," fluister hy in haar oor. "Kom ons gaan groet net vir Marie, dan ry ons."

Na 'n paar minute wuif hulle vir Marie deur die glas van die waakeenheidkamer om haar te groet, wetende dat hulle vriendin buite gevaar is.

By Karen se motor maak Johan die motordeur vir haar oop, en soengroet haar voor sy inklim. "Sien jou seweuur," sê hy glimlaggend.

Karen gebruik 'n kwassie om haar grimering liggies aan te wend; 'n ligroos kleur oor haar ooglede om die smaraggroen kleur van haar oë te beklemtoon, afgerond met 'n sagte blommegeur parfuum wat sy liggies agter haar oor en op haar polse aantik. Sy glimlag terwyl sy voor die spieël tiekiedraai. Die rooi minirok pas asof dit spesiaal vir haar gemaak is en beklemtoon haar bruin welgevormde bene, terwyl 'n paar wit hoëhak sandale die uitrusting mooi afrond. Met haar hare wat soos 'n satyn gordyn oor haar mooi bruingebrande skouers hang, voel sy tevrede en gelukkig.

Toe sy 'n rukkie later die deur vir Johan oopmaak, weet sy dat hy hou van wat hy sien.

"Jy lyk asemrowend prentjie mooi," sê hy met 'n skor stem, terwyl hy haar teen hom vastrek en sy lippe liggies oor hare streel.

"Sal ons gaan?" vra hy en trek en haar arm deur syne.

Johan se keuse is perfek. Die gedempte lig saam met kerslig en sagte agtergrondmusiek, skep 'n rustige, romantiese atmosfeer. Karen se groen oë waarin die vlamme van die die kerslig dans, laat hom stom van bewondering.

"Jy is beeldskoon, Hartedief," fluister hy, terwyl sy oë oor haar gesig dans. Die atmosfeer is reg, maar sy senuwees knaag. Hy neem haar hand in syne lig dit op om 'n sagte soen daarop te druk. Met haar hand in syne, kyk hy diep in haar groen oë en sien die klein bruin spikkeltjies daarin raak.

"Sal jy met my trou?" stotter hy half oor sy eie woorde.

Met 'n glinster in haar oë en 'n hart wat onstuimig klop, antwoord Karen: "Kan ek daaroor dink?" Sy sien hoe Johan se gesig ietwat verstrak en besluit om nie langer sy siel uit te trek nie. "Natuurlik sal ek met jou trou," antwoord sy stralend.

Johan slaak 'n hoorbare sug van verligting toe hy die diamantring uit sy sak haal en oor Karen se ringvinger stoot.

"Kom, nou wil ek my aanstaande bruid in my arms neem, en haar van haar voete af soen," laat hy glimlaggend hoor, terwyl hy haar aan die hand optrek.

Hulle stap na buite. Onder die sterrehemel wat oor die uitspansel verstrooi is, neem hy haar in sy arms en trek haar teen hom aan. Karen se hande streel oor sy rug en sy voel hoe sy gespierde borskas styf teen haar druk.

Strelend, lokkend terg sy lippe hare, terwyl sy tong haar mond verken toe die soen verdiep. Karen voel die krag in Johan se arms toe hy haar nog nadertrek en sy gesig in haar hare druk om die blommegeur van haar parfuum in te asem.

Stadig maak hy sy arms om haar los en sy stem is skor toe hy praat: "Ons beter ingaan."

Dis heelwat later voordat hulle uiteindelik huis toe gaan. Johan maak die voordeur oop en laat Karen instap.

"Koffie?" vra sy oor haar skouer.

"Ja, dankie dit sal nou heerlik wees," antwoord hy, maar hy neem haar eers in sy arms.

Karen voel hoe haar bloed soos warm lawa deur haar are vloei, toe hy liggies aan haar oorbel knibbel. Johan laat sy lippe vlindersag oor haar oor lippe beweeg. Die skril skel van haar selfoon onderbreek die intieme oomblik. Op die skerm sien sy haar pa se naam en met 'n ligte frons tussen die oë antwoord sy.

Tot haar verbasing, wens haar pa haar geluk met die verlowing. Nadat hulle klaar gepraat het, kyk sy met blink oë en 'n kwansuise kwaai uitdrukking op haar gesig na Johan.

"Lyk my almal weet van die verlowing, terwyl ek onder die indruk verkeer het ek gaan hulle verras," laat sy hoor.

"My lief, het jy vergeet ek doen alles op die ou boere tradisie manier?" sê hy met 'n ondeunde glimlag en tergduiweltjies wat ronddans in sy oë.

"Jou pes, almal weet en ek weet van niks," sê sy pruilmond.

"Het jy nou gedink ek gaan jou alleen hier in Sodom en Gomorra los, terwyl ek oor twee maande plaas toe trek?" wil hy tergend weet. Dit is die een groot verrassing wat hy nog vir Karen het.

Met verbasing en blydskap duidelik sigbaar op haar gesig, slaan Karen haar arms met 'n uitbundige vreugde uitroep om Johan se nek.

"Dit is die beste nuus wat ek in 'n lang tyd gehoor het, sê sy," terwyl haar lippe sag op syne kom rus. Willoos gaan sy mond oop terwyl hulle tonge 'n liefdespel met mekaar begin speel. Die soen verdiep, terwyl hy die skouerbandjies van die rok van haar skouers laat afgly. Sonder dat sy lippe hare verlaat maak hy die knippie van haar bra los en laat dit met een beweging op die sitkamervloer neerplof.

Hy lig sy kop en vra woordeloos toestemming.

Karen knik en 'n sagte kreun ontsnap oor haar lippe toe sy mond haar tepel diep in sy mond neem en sy hand oor haar ander bors skulp. Terwyl sy duim oor haar stywe roosknoppie streel, vleg sy haar hande deur sy hare.

Neels kyk ongeduldig op sy horlosie en voel hoe die woede in hom begin vlamvat. Haat is sy dryfveer. Hy het haar gewaarsku die dag toe hy uitgestap het geen ander man sal haar kry nie! Net die blote gedagte daaraan maak hom warm onder die kraag. Hoe durf sy hom so verneder!

Sy selfoon vibreer in sy sak hy sien dit is Armand se naam op die skerm. "Enige nuus?" wil hy ongeduldig weet.

Armand deel hom mee van die verlowing en Johan se bedanking, maar die goeie nuus is dat hy vir die volgende drie dae weg sal wees op 'n kursus.

"Ek verwag jou en Zungu oor 'n uur by my! En Armand, indien jy weet wat goed is vir jou, maak seker julle is nie laat nie!" beëindig Neels die gesprek.

Met 'n grynslag op sy gesig skink hy vir hom 'n drankie. Die dag waarvoor hy solank gewag het gaan uiteindelik aan breek. "Niemand mors met my nie!" sê hy hardop.

'n Uur later stap Armand en Zungu Neels se sitkamer binne. Met 'n wrede trek op sy gesig en oë wat koud is en haat uitstraal, verwelkom hy hulle.

"Bly om te sien my staatmakers is betyds. Kan ek vir julle 'n dop gooi?" wil hy met 'n sardoniese lag by hulle weet. Met 'n skud van die kop word die aanbod van die hand gewys en Neels begin die plan van optrede bespreek.

Onbewus van die dreigende gevaar sing Karen rustig saam met die musiek wat oor die motorradio speel.

Hoofstuk 6

Geklee in swart van klapmus tot 'n paar tekkies sluip Riaan Lemmer ongesiens by die motorhek in, terwyl dit toeskuif agter Karen se voertuig.

Geluidloos sluip hy vinnig al langs die muur af tot by by die motorhuis waar hy haar inwag.

Met die afstandbeheer laat sy die motorhuis deur opskuif. Dis alreeds 21:45. Sy en Marie het so lekker gekuier dat sy skoon van tyd vergeet het. So 'n kuier help darem teen die verlange.

Glimlaggend dink sy aan haar kinderjare, toe haar pa haar geleer het om slapies af te tel voor 'n belangrike dag. Nog net een slapie dan is Johan terug. Sy sug en klim uit die motor.

Karen voel hoe die bloed haar liggaam verlaat, en die gil stol in haar mond toe die eerste vuishou haar vol in die gesig tref. Haar bene swik onder haar en die volgende vuishou laat alles swart word om haar.

Riaan Alberts grynslag, terwyl hy 'n kontak op sy selfoon soek. "Julle kan maar kom," sê hy, terwyl hy die hek met die afstandbeheer laat oopskuif. Ongesiens word sy vinnig in 'n swart Ford EcoSport gelaai.

Dit voel vir Karen of 'n trein haar getrap het toe sy wakker word. Droë bloed kleef nog aan haar gesig vas, terwyl duiseligheid haar wil oorval as gevolg van 'n kloppend hoofpyn. Sy kyk om haar rond. Die aangrensende vertrek is 'n badkamer, sien sy.

Sy swaai haar bene stadig van die bed af om op te staan en soontoe te gaan. Die gesig wat vir haar terugkyk in die spieël, herken sy skaars. Haar oë is toegeswel, haar gesig erg gekneus en haar neus lyk gebreek. Sy spoel haar gesig versigtig af met louwarm water, en was die droë bloed af. Haar hele gesig is 'n skakering van blou pers en oranje.

Karen hoor stemme en sy draai haar kop skuins om te luister. Sy wonder of sy haar verbeel; is dit werklik vrouestemme wat sy hoor? Dan hoor sy dit weer, dit is beslis vrouestemme. Stadig skuif-skuif beweeg sy terug bed toe, want die kloppende hoofpyn maak haar naar.

Die geknars van 'n sleutel in die deurslot, laat haar verskrik na die deur kyk, onseker wat om te verwag. 'n Jong swart meisie maak die deur oop, met 'n vriendelike glimlag en kopknik groet sy vir Karen.

"Ek het vir jou iets te ete en drinke gebring," sê sy met 'n sagte stemtoon.

"Waar is ek? Watse plek is die? Wie is die ander mense hier? Ek het ander vroue stemme gehoor?" wil Karen angstig weet.

Die meisie trek haar skouers op; loer vinnig by die deur uit. "Om eerlik te wees, ek het nie 'n idee waar ons is nie. Die plek se hoë mure en soliede skuifhek sny ons in geheel af van die buite wêreld." Voordat sy nog iets verder kan sê, hoor sy stemme en naderende voetstappe. Sy stap vinnig uit. Karen hoor die sleutel in die slot knars toe die deur weer gesluit word.

Paniek gryp haar aan die keel. Dit voel kompleet of sy versmoor, terwyl sweet van haar voorkop af in haar oë inrol en dit laat brand. Haar mond is kurkdroog en dit voel asof haar tong aan haar verhemelte vassit. Karen neem 'n sluk van die koeldrank en met 'n skok sien sy dat haar horlosie, met die opsporingstelsel, weg is. Hoe gaan hulle haar nou opspoor? Van een ding is sy seker, Johan sal nie ophou soek nie. Met dié wete lê sy weer terug teen die kussing en sluit haar oë.

Neels is so ingenome met die nuus dat Karen in sy mag is, dat sy sardoniese lag deur die huis weergalm. Selfvoldaan skink hy vir hom 'n whisky wat hy met een teug ledig, voordat hy nog een skink. Hy kan nie wag om haar gesigsuitdrukking te sien wanneer sy besef sy is in sy mag nie. Net die blote gedagte daaraan prikkel sy wellus en ontbied hy Lindie Swart 'n slank geboude 21 jarige donkerkop met blou oë na sy private sitkamer om sy drange te kom bevredig.

Die wete dat al die meisies bespreek is vir vanaand, en twee ministers hulle stres wil kom wegwerk, maak hom nog meer opgewek.

Johan raak onrustig, want dit is nou al die tweede stemboodskap wat hy vir Karen los, maar dan onthou hy sy het gesê sy gaan na gym by Marie koffie drink. Hy weet wanneer hulle eers aan die kuier raak, vergeet hulle van tyd en Karen se selfoon lê seker soos oudergewoonte, in haar gymsak.

Hy wil ook nie nou rondbel en almal op hol jaag nie. Indien hy teen môreoggend nog niks van haar gehoor het nie sal hy sy ma vra om gou by Karen te gaan inloer.

Sy kussing is al vuisvoos gedruk, maar sy lê kry hy nie. Hy raak eers in die vroeë oggendure aan die slaap. Die skril lui van sy selfoon laat hom verward wakker skrik. In die proses om die foon in die hande te kry stamp hy amper die bedlampie van die kassie af. Hy sien dit is Karen se naam op die skerm.

"Hi, Hartedief ek was..."

"Wil jy jou hartedief weer lewend sien?" vra 'n vreemde stem.

Dit voel vir Johan of elke druppel bloed in sy gesig wegvloei, terwyl hy in koue sweet uitslaan, sy kneukels toon wit met die wat hy die foon vasklem.

"Wie is jy?" wil hy skor weet. 'n Hoonlag aan die anderkant laat sy bloed stol in sy are.

"Wie ek is, is nie van belang nie, hou op krap waar dit nie jeuk nie," sê die persoon en druk die foon dood.

Johan besef dat hy nou eers rustig sal moet raak; sy emosies onder beheer kry en begin fokus want een verkeerde besluit kan katastrofies wees. Sy ondersoek na die meisies wat ontvoer is, het daartoe gelei dat Karen ontvoer is.

Met sy emosies onder beheer, skakel hy kolonel Swanepoel en vertel hom woordeliks wat die persoon gesê het wat van Karen se foon af geskakel het.

"Smith, ek sal dadelik 'n ondersoekspan uitstuur na Karen se meenthuis, maar moet dit met niemand bespreek nie. Ek vermoed hier is meer agter die storie as net die ontvoering."

"Soos dat daar 'n mol is?" snap Johan vinnig wat die man insinueer.

"Dis net my vermoede. Ons praat later weer."

Kolonel Swanepoel, of Swannie soos hy bekend staan onder sy kollegas, neem 'n sluk van sy coke voordat hy brigadier Nene skakel om hom van die ontvoering mee te deel. Hy bespreek ook sy vermoede met die brigadier, want seker gebeure die laaste tyd is net té toevallig.

"Kolonel, jy moet vir jou 'n uitgesoekte span kies, 'n span wat jy kan vertrou. Ek deel jou vermoede dat ons 'n informant in ons midde het, want dit is te toevallig dat hulle elke keer 'n stappie voor ons is. Hou my op hoogte van sake," beveel hy en beëindig die gesprek.

Met 'n frons tussen sy oë oordink hy die hele situasie. Waar gaan alles eindig? dink hy. Indien jy nie eers meer jou eie kollegas kan vertrou nie, wie kán jy dan vertrou? Maar daar is nie nou tyd vir wonder nie; daar is werk wat gedoen moet word. Eers skakel hy kaptein Sibisi daarna sersant Gouws, en gee vir hulle die adres waar hulle hom moet kry.

Toe hulle by Karen se meenthuis kom, lyk alles op die oog af rustig. Daar is geen teken van gedwonge ingang nie die voertuig is in die motorhuis.

"Kaptein!" roep sersant Gouws opgewonde.

"Ek het iets gekry!"

Hy wys na 'n SIM-kaart wat half onsigbaar op die gras lê. Danksy die son se weerkaatsing daarop, kon hy dit sien. Kaptein Sibisi haal een van die bewysstuksakkies uit sy sak en maak dit oop. Sersant Gous gooi die SIM-kaart daarin.

"Goeie werk, Sersant," sê hy terwyl hy sy handskoene uittrek.

"Hierdie bewysstuk moet ons so gou as moontlik by forensies kry, want indien dit Karen se se SIM-kaart is, het ons moontlik 'n deurbraak," sê kolonel Swanepoel. "Dit sal nie haar foon se SIM-kaart wees nie, want dié is gebruik om speurder-sersant Smith te bel. Hierdie kan moontlik iets wees wat 'n opsporingstelsel bevat," sê hy.

Terug by die polisiekantoor, gaan gee kolonel Swanepoel die SIM-kaart in by forensies en hy gee opdrag dat die saak voorrang moet geniet. Terwyl hy ongeduldig in sy kantoor wag vir inligting, vat 'n sluk van sy coke. Dit is sulke dinge wat sal maak dat ek weer begin rook dink hy.

Met die wat sy foon lui, kom Johan sy kantoor binne om te hoor of daar enige nuwe verwikkeling is. Hand in die lig beduie hy vir Johan om te wag, terwyl besig is met die gesprek. Toe hy die oproep beëindig, glimlag hy tevrede.

"Goeie nuus! Ons het die SIM-kaart van haar smartwatch gekry. Dit het 'n ingeboude opsporingstelsel waarmee hulle kon bepaal waar sy aangehou word. Kaptein Griesel en sy taakspan is nou op pad daarheen," sê hy met 'n verligte uitdrukking op sy gesig, terwyl hy nog 'n sluk coke vat.

"Waar word sy aangehou?" wil Johan weet.

"Boerenstraat 144. Dis 'n dubbel-verdiepinghuis wat leeg staan," sê kolonel Swanepoel en neem weer 'n sluk coke.

Geruisloos beweeg kaptein Griesel en sy span deur die grondvlak. Met handseine word die opdrag gegee om teen die trappe op te beweeg na die boonste verdieping.

"Bliksem!" uiter kaptein Griesel 'n kragwoord. In die hoek van die hoof-slaapkamer lê Karen se smartwatch langs 'n selfoon en nota aan wat lees: 'Julle is toe nie so slim nie nè.' Met die wat die selfoon lui antwoord hy onmiddellik.

"Griesel."

"Kaptein, kaptein. Ken jy daardie song, every move you make, every step you take, I am watching you? Sê vir ou Bulldog en Swannie big brother is watching," sê 'n smalende stem. Met 'n sardoniese lag beëindig hy die gesprek.

Woedend plaas hy die bewysstukke in 'n sakkie, wetende dat dit geen leidrade gaan oplewer nie. Sy blou oë blits vuur, terwyl hy kolonel Swanepoel se kontak op selfoon intik om hom van die gebeure te verwittig.

Bleek van woede maak kolonel Swannie nog 'n coke oop en neem 'n sluk. Die koue vloeistof lawe sy krapperig keel, maar bring nie sy woede onder bedaring nie. Hemele behoed hom wanneer hy sy hande op daardie informant lê, want hy sal nie verantwoording kan doen vir sy optrede nie. Duidelik is dit iemand wat insae tot alle inligting en beweging van hulle het. Maar wie?

"Jy kan ontspan, alles het volgens plan verloop," sê majoor Kleinhans en beëindig die gesprek, terwyl hy weer die selfoon in die onderste laai van sy liasseerkabinet toesluit.

"Enige nuwe verwikkelinge, Kolonel?" vra hy in die verbystap aan kolonel Swanepoel.

Woordeloos, skud Swannie sy kop heen en weer. Moedeloosheid straal uit hom uit.

Selfvoldaan en met 'n breë glimlag skink Neels vir hom 'n drankie. Hy sal wat wou gee om ou Bulldog se gesig te kon sien. Hy bel Armand en beveel hom om hom te kom sien.

"Armand, my slaaf. Ek het 'n spesiale vertoning vanaand net vir jou, maar eers werk voor plesier," sê hy met 'n snedige gesigsuitdrukking, terwyl hy 'n aktetas vol tweehonderd randnote te voorskyn bring. "Sê vir Kleinhans ek betaal met 'n glimlag vir dienste gelewer, maar ek eis ook my betaling vir agterlosige en brouwerk. Terloops daar is drie nuwe kliënte wat jy vir die vertoning moet gaan haal vir 'n bietjie stresontlading."

Armand voel hoe sy moermeter in die rooi gedruk word. Wrewel en haat teenoor Neels vreet soos kanker aan hom, en sy magteloosheid is besig om hom tot waansin te dryf.

"Jy is ruggraatloos, hoe lank gaan jy nog toelaat dat hy jou boelie?" sê-vra Armand homself die vraag hardop af.

Karen skrik toe die sleutel in die slot knars, en die vriendelike meisie van vroeër die deur oopmaak en binnekom.

"Kom, die baas wil jou sien, en glo my 'n mens laat hom nie wag," sê sy. Haar gesig het 'n bang uitdrukking op haar gesig.

Die meisie se ooglopende vrees laat Karen se maag draai. Sy voel hoe angs haar keel wil toedruk, terwyl sy haar voete van die bed af swaai. Loodvoetig stap sy saam met die meisie by die deur uit en spanning kan in die stilte tussen hulle aangevoel word.

"Weet jy al waar ons is?" wil Karen benoud van die meisie weet.

"Hallo, Karen."

Verward kyk Karen om, toe sy die stem uit die niet agter haar hoor.

"Armand! Het jy my kom haal? Hoe het jy geweet waar ek is?" vra sy hoopvol.

Met 'n kop beweging beduie hy vir die jong meisie sy kan maar gaan.

"Kom, ek neem jou na die baas toe," sê hy met 'n verleë glimlag.

Karen voel hoe haar hartritme versnel, en angs haar omvou. Sy het meteens die gevoel dat daar nog meer slegte verrassings op haar wag as Neels Pieters se vriend, Armand Greeff.

Hoofstuk 7

"Hallo, Karen," groet Neels smalend.

"Jy!" roep Karen verbaas uit, terwyl sy na haar asem snak en voel hoe die bloed uit haar gesig dreineer.

"Ek het jou mos gesê, indien ek jou nie kan kry nie, niemand jou sal kry nie," sê hy en lag sardonies.

"Jy is 'n pateet met 'n skynheilige gevreet. Mag en geldgierigheid het jou mal gemaak," snou sy hom toe, terwyl woedevonkies in haar oë blits.

Bleek van woede kom Neels orent. "Hoe durf jy so met my praat, jou klein slet!" bulder hy briesend. Toe Karen omdraai, gryp Neels haar aan die hare. Met die rugkant van sy hand klap hy haar dat sy oor die vloer skuif, en bloed stroom toe sy ring haar wang oop kloof.

Net soos 'n roofdier wat bloed geruik het op sy prooi toesak, sak hy op Karen toe. Hy pluk haar van die vloer af op en druk haar teen die muur vas, terwyl sy vuis haar gesig en lyf verniel. Genadiglik raak alles swart om haar en sy sak stadig af vloer toe. Voor sy die vloer bereik, skop hy haar in die gesig.

Met afgryse staan Armand na die toneel voor hom en kyk. "Moenie net daar staan nie! Gaan roep vir Sanet Griesel en Natasha Lee om die slet terug te vat kamer toe. Maak seker jy laat nie ons kliënte wag nie," beveel hy terwyl hy wegstap.

Die man is 'n sadis sonder 'n greintjie menslikheid in hom, dink Armand, terwyl hy die twee meisies gaan roep.

Bleek in die gesig, vreesbevange, angstig probeer hulle Karen wakker kry.

"Haal sy nog asem?" wil Armand benoud weet.

"Ja, maar sy benodig dringend mediese behandeling, haar polsslag is flou en sy is besig om in skok te gaan," sê Sanet.

Armand buk en tel Karen in sy arms op, terwyl Natasha solank ontsmettingsmiddel en louwarm water in gereedheid gaan kry om Karen se wonde te ontsmet.

Armand bel vir Neels om hom in te lig van Karen se toestand en te hoor wat hom te doen staan.

"Betaal ek jou om jou oor 'n slet te bekommer of om vir my te werk," wil Neels sarkasties weet en druk die foon dood.

Met die beëindiging van die gesprek uiter Armand 'n kragwoord, terwyl woede duidelik op sy gesig te bespeur is. Besorg staan hy nader en toekyk hoe Natasha Karen se wond ontsmet en die bloed probeer stop. Dit bekommer hom dat Karen nog nie haar bewussyn herwin het nie, maar terwyl Natasha Karen se gesig met die louwarm water afvee, kreun sy saggies en maak haar oë oop.

Vrees omvou Armand. Dit voel kompleet of die lewe uit hom gewurg word toe hy sien Karen se oë staar net in die niet.

"Karen!" roep hy haar naam uit sonder dat dit enige reaksie by haar ontlok.

Die moontlike gedagte dat sy moonlike breinskade kon opgedoen het, maak hom paniekbevange. Hy sien ook die ontsteltenis op Sanet en Natasha se gesig.

Sy foon vibreer in sy sak en Sanet sien hoe die blou oë van Armand grys word van woede terwyl hy die boodskap lees. Hy kyk na haar toe hy vir haar sê om Tembi Nkosi te laat weet haar afspraak is met 'n halfuur vervroeg, waarna hy met 'n kragwoord omswaai en uitstap.

"Armand! Hoeveel lewens moet nog vernietig word voor jy iets daaromtrent gaan doen?" vra hy homself die vraag hardop af.

Die onsekerheid vreet soos 'n kanker aan Johan se binneste. Angs wil hom oorweldig, maar besef hy moet koelkop bly. Dit frustreer hom; elke leidraad is 'n doodloopstraat. Selfs die IP adresse van die webtuistes wat gebruik was vir bekendstelling en advertering kon nie opgespoor word nie. Duidelik is hulle goed ingelig.

Geldgierigheid en mag het die hele land op sy knieë. Medemenslikheid bestaan nie meer nie. Kyk maar net na die welvaart in kerke wat valse hoop vir geld verkondig.

Johan wip van skrik toe sy selfoon lui. Met hoop dat dit inligting rakend Karen is antwoord hy sonder om na die naam op die skerm te kyk. Hy is effens teleurgesteld omdat dit Karen se pa is en nie die oproep waarop hy gehoop het nie. Adriaan deel hom mee dat hy eers by sy ma op Ladysmith aangaan, want daar is glo dringende sake wat sy met hom wil bespreek. Johan kan die irritasie en kommer in sy stem hoor en weet oom Adriaan wil eerder hier wees waar hy saam kan wag op inligting.

In die hospitaalkamer luister Adriaan geskok na die hortende woorde wat oor sy ma se lippe kom; woorde wat sy hele lewe gaan verander. Die besef dat hy en Pauline 'n seun saam het, laat hom lam van skok. "Ons kan later praat, rus ma nou eers," sê hy, terwyl hy sy ma se hand in syne toevou. Hy probeer die skok en ook woede wat deur hom spoel te onderdruk.

"Nee my kind, ek kan nie langer stilbly nie. Ek hoop net jy sal dit eendag oor jou hart kan kry om my te vergewe," sê sy fluisterend, terwyl trane teen haar wange afrol.

119

Met die toneel wat voor haar afspeel, draai die nag Suster ongesiens om en stap terug na haar kantoor toe om nie die intieme oomblik tussen ma en seun te onderbreek nie. Sy weet die dood wag om die draai.

Adriaan sukkel om alles te verwerk toe sy ma 'n paar minute later haar laaste asem uitblaas. Hy stap verdwaas na sy kar toe. Eers dáár gee hy uiting aan sy emosies van woede, frustrasie, ongeloof en pyn. Hy slaan met sy vuis teen die stuurwiel, terwyl hy uitskreeu: "Waarom stilbly al die jare? Waarom?!"

Hy weet hierop sal hy nou geen antwoord meer kan kry nie. Haar ontydige dood het daarvoor gesorg. Hoe en waar begin hy soek na 'n seun wat hy nie eers geweet het bestaan nie?

Hoe kon sy dit oor haar hart kry om hom die vreugde van vaderskap ontneem; sy wat altyd liefdevol teenoor Karen opgetree het? 'n Mens sou nooit kon sê dit is haar stiefkleindogter nie; sy het haar liefgehad soos haar eie vlees en bloed. Maar nou is sy ma dood voordat hy al die antwoorde kon kry.

Armand is tevrede dat die meisies reg is vir vanaand se kuier. In sy motor laat sak hy sy kop op sy arms, terwyl die kneukels van sy hande wit deurslaan van woede en vasklem om die stuurwiel.

Hy besef hy kan nie veel langer so aangaan nie. Karen se beeld waar sy net so nikssiende lê laat sy keel toetrek dat dit voel of hy besig is om te versmoor. Hy dink aan die kere wat hy en sy vrou saam by Neels en Karen gekuier het. Indien sy vrou moet uitvind dat hy net gestaan en toekyk hoe Karen geskop en geslaan word, sal sy hom nooit sal vergewe nie. Dit is nou besluitneming tyd; ongeag wat hy besluit dit gaan sy lewe nie onveranderd laat nie. Neels het hom so slim betrek by al sy vuil speletjies, dat hy alreeds

120

te diep betrokke was voordat hy besef het waarmee sy sogenaamde vriend werklik besig was. Daarna het die afpersing begin en die geld wat hy betaal is om aan te hou doen waarteen alles in hom indruis. Maar nou is dit genoeg.

Armand laat sy hande ontspan, haal sy sakdoek uit om die sweet van sy voorkop af te vee.

'n Sug ontsnap sy lippe met die wat hy sy foon uithaal en Bulldog se nommer in sy kontakte soek. Toe hy dit kry, druk hy die groen knoppie.

Na Bulldog se oproep, voel Johan hoe vrees hom soos 'n hiëna aan die keel gryp en elke bietjie lewe uit hom begin wurg. Sy bene wankel onder hom en hy moet eers gaan sit om al die inligting te absorbeer en te verwerk.

Na ongeveer 'n halfuur is alle planne in gereedheid gebring vir die reddingspoging en om Neels vas te trek. Kaptein Griesel en twee van die taakmag lede sal saam met Armand in sy motor as die sogenaamde gaste van die meisies, die eiendom binnegaan. Sodra kaptein Griesel seker is alles is veilig en onder beheer, sal die ambulans en ander voertuie inbeweeg.

Die spanning is duidelik sigbaar op Johan se gesig. Terwyl hy die sweet van sy voorkop afvee, maak Swannie nog 'n coke oop. Dit is sy manier om stres te hanteer nadat hy van die rookgewoonte ontslae geraak het.

Kaptein Griesel se stem oor die polisieradio laat skop adrenalien in en is stres vergete. Die voertuie beweeg in gevolg deur die ambulans. Voor Johan die huis saam met die paramedici kan binnegaan, keer kaptein Griesel hom.

"Nie nou nie, Sersant! Laat hulle hul werk doen, daar is niks wat jy nou kan doen nie. Kom help my met die verklarings van die vrouens!"

"Maar, Kaptein! Asseblief, net vyf minute dit is al wat ek vra, asseblief Kaptein."

"Kaptein, Sersant! Roep kolonel Swannie. Ek hoor 'n motor luier en ruik uitlaatgas, help dat ons die motorhuis deur oopmaak, want ek vermoed onraad."

Met die dat hulle sukkel om die deur oop te kry hoor Johan die ambulans se deure toeklap en die sirenes wat aangaan. Op daardie oomblik gee die motorhuisdeur skiet en kan hulle die deur oopmaak.

"Sersant! Jy kan maar gaan, Kaptein! Skakel jy solank forensies en patologie afdeling, want ek vermoed vuilspel!"

"Hulle is op pad, Kolonel," laat kaptein Griesel van hom hoor, terwyl hy na die liggaam van Neels kyk, wat met sy kop op die stuurwiel lê.

"Ek wonder, was dit moord, of selfdood?"

"Dit lyk vir my meer na moord, maar patologie sal die oorsaak van sy dood vir ons bevestig. Moontlik wou hy een van die slagoffers gebruik vir sy eie plesier en kon sy dit regkry om uit die motor te ontsnap. As sy hom kon katswink slaan, kon sy dalk net die motorhuis se deure toegemaak het om seker te maak hy kom nie uit nie. Maar kom, laat forensies hier aangaan, dan gaan hoor ons of hulle enige leidrade in die huis gevind het," sê kolonel Swannie met 'n frons tussen sy oë.

"Kolonel! Ons het die jackpot. Die hardeskyf van die sekuriteitskameras en 'n skootrekenaar met tasbare bewyse op. Dis genoeg om 'n paar polisie-offisiere en politici slaaplose nagte te besorg," laat Kobie van forensies trots van hom hoor.

"Die verklarings van die vroue saam met Armand se verklaring, sal deurslaggewend genoeg wees vir ons om met die arrestasies te begin en 'n suksesvolle vervolging te verseker!" deel kolonel Swannie brigadier Nene mee.

Hy kon hoor hoe sug brigadier Nene van verligting. Hy is self ook verlig.

Majoor Kleinhans se betrokkenheid by die sindikaat, is vir hom moeilik om te verwerk.

Nie net was hulle kollegas nie, maar het gereeld na werk 'n bier by die katien gaan drink en dan juis oor die sindikaat gepraat. Onwetend, het Kleinhans so inligting uit hom gemelk.

Terwyl die grys onweerswolke op die horison saampak, en die son se strale spikkeltjies deur die boomblare op die plaveisel val, loop Johan soos 'n vasgekeerde roofdier in die buite-area van die hospitaal op en af, wagtend op nuus. Die koue, kliniese mure van die wagkamer versmoor hom. Hy het net weer langs sy ma gaan sit in die wagkamer, toe die dokter sy opwagting maak.

"Die operasie om die drukking op die brein te verlig blyk suksesvol te wees, maar of daar permanente skade gaan wees, kan nie nou gesê word nie. Breinbeserings is baie kompleks. Indien sy bykom, sal enige skade dan eers bepaal kan word, maar andersins nie!"

Daar is drie woorde van die dokter wat hom teen die planke het: "Indien sy bykom."

Die nuus tref Johan soos 'n vuishou tussen die oë en laat hom steierend gaan sit. Vertroostend gee sy ma sy skouer 'n drukkie, terwyl sy die dokter met 'n bewende stem bedank.

Met die wat die dokter wegstap, wil Johan agterna, maar sy ma se sagte stem kalmeer hom toe sy hom aan die arm vat. "Kom, laat jy gaan rus. Môre kan jy helderdenkend met die dokter praat."

Johan haal sy foon uit om oom Adriaan te bel. Hy het hom deurlopend op hoogte gehou, maar nou is daar geen goeie nuus nie.

Om te dink, Karen was verloof aan Neels. Net 'n monster kan doen wat hy gedoen het.

Die dokter se woorde maal en draai in sy kop, terwyl die onsekerheid sy binneste op kerwe en benoudheid die lug uit sy longe wurg.

Hoe is dit moontlik dat 'n mens se lewe in 'n bestek van 'n paar uur, so dramaties kan verander! Nie net het oom Adriaan sy ma aan die dood moes afstaan nie, maar ook nuus ontvang van sy ma wat sy eie voete onder hom uitgeslaan het. Om alles te vererger is hy besig met die begrafnisreëlings en kan dus nie nou deurry om by Karen te wees nie.

Uiteindelik gaan Johan huis toe, maar slaap bly hom ontwyk. "Here, my God! My geloof wankel. Ek weet nie hoe om staande te bly in die krisisuur nie. Haat, woede en onsekerheid laat my nie tot rus kom nie!" Met die woorde skakel Johan sy bedlamp af en die moegheid en slaap hom uiteindelik genadiglik oorval.

Vrees en benoudheid is duidelik op sy gesig sigbaar toe hy die volgende oggend die intensiewesorgeenheid binnestap waar Karen wasbleek gekoppel aan masjiene op die bed lê. Die vriendelike suster wat die lesings op die skerms monitor neem, deel hom vriendelik mee dat daar geen verandering in haar toestand is nie, maar dat sy wel 'n rustige nag gehad het. Die suster sien die pyn, vrees en liefde in Johan se oë toe hy langs Karen se bed gaan sit en haar hand in sy hande toevou, terwyl sy skouers geluidloos begin ruk en trane langs sy wange afrol. Dit vorm druppels op die laken sonder dat hy daarvan bewus is.

Die spanning van die afgelope week begin sy tol eis, haar spoorlose verdwyning, die kat-en-muis-speletjie van Nees en sy trawante en hier waar sy nou in 'n koma lê, is te veel vir hom.

Hoofstuk 8

Johan hoor die kommer en frustrasie in Adriaan se stem. Hy wil by sy dogter wees, maar omstandighede laat dit nie toe nie.

Stil bid hy vir 'n wonderwerk, maar twyfel en vrees speel woer-woer met sy gedagtes. Gister het die suster vir hom gevra het of hy aan wonderwerke glo en hy het gesê hy glo. Sonder twyfel hét hy dit geglo, maar nou twyfel hy weer. Karen se bleek gelaat, roerloos op die bed wil alle vertroue uit hom wurg.

Die sny aan haar wang is nog geswel, maar volgens die dokter sal dit nie letsels oorlaat nie, dalk 'n fyn haarlyn streep. Omrede die wond byna regdeur haar wang gesny het, gaan dit egter 'n tydjie neem om te genees. Terwyl hy praat lig hy haar hand stadig op, asof dit breekbaar kan wees en laat dan sy lippe vlugtig teen haar vingers druk voor hy haar hand los.

"Asseblief, Here! Laat sy wakker word," prewel hy geluidloos.

Hy dwing sy stem na normaal en begin haar vertel van die plaas; wat hy alles beplan om te doen as hulle eers gevestig is na die troue, want alleen wil hy nie daar gaan bly nie.

Dan voel hy haar vinger wat teen sy hand beweeg. Skrikkerig dat sy verbeelding met hom op hol gaan, kyk hy om; sien dat die suster 'n aantekening op haar verslag aanbring, terwyl sy met 'n glimlag bevestig dat hy hom nie verbeel het nie. Hy hou aan praat en laat sy en oë soekend oor haar gly, hopend om enige beweging van ooglede, lippe waar te neem. Sy stem bons teen haar gesig vas, voor sy lippe saggies op haar voorkop neerkom.

Dokter Peters se naam weergalm deur die gange van die hospitaal. Afwagting, opwinding en vrees golf deur sy gemoed, terwyl hy wag vir die dokter om op te daag.

Dit is skaars vyf minute later, toe is die dokter daar. Vlugtig gly sy oë oor die monitorlesings voordat hy vooroor buig; eers die een en dan die ander ooglid oplig en met 'n skerp liggie daarin loer.

"Daar is beslis verwikkelinge. Dat sy is besig om wakker te word uit die koma, is nie te betwyfel nie. Hoe lank dit nog gaan vat kan ek nie sê nie, maar hoe gouer hoe beter. Dan sal ons eers kan vasstel of daar enige permanente skade is," sê die dokter terwyl hy 'n aantekening op die suster se verslagkaart maak.

Johan laat sy mond vlindersag eers op die een dan op die ander ooglid rus. Vir die eerste keer begin hoop in hom vlamvat, terwyl spanning hom stadig verlaat. Nou glo hy weereens aan daardie wonderwerk dat Karen geen nagevolg sal oorhou van die wrede aanval nie.

Hy kyk na die deur toe hy beweging daar sien. Adriaan kom die kamer binnegestap, spanning en pyn duidelik sigbaar op sy gesig. Sy hand vou hare toe.

"Enige nuwe verwikkeling?" wil hy skor weet.

"Net voor oom gekom het, was die dokter hier. Volgens hom is sy besig om uit die koma te kom, maar hy kan nie presies sê wanneer dit gaan gebeur nie. Dit kan in 'n uur of 'n dag of twee neem. Dan eers sal hulle kan vasstel of daar enige permanente breinskade is."

"Johan... Johan," kom die geluidlose fluistering oor Karen se lippe. Haar hand beweeg tussen Johan se vingers.

Die suster het die verandering op die skerm waargeneem, en so op haar verslag aangeteken. dit is nou net 'n kwessie van tyd voor sy wakker is.

Karen hoor haar pa en Johan se stemme, terwyl hulle praat maar verstaan nie; sy is te moeg om daarop te regeer.

Na 'n uur staan Adriaan op en soen Karen op die voorkop. "Ek moet in die pad val. Dit is 'n besige week wat vir my voorlê; môre die finale reëlings tref vir die roudiens, daarna moet ek Durban toe vir sake. Asseblief ... hou my op hoogte, enige tyd dag of nag, indien daar enige verandering is!"

"Ek sal so maak, Oom," groet Johan vir Adriaan.

Johan sit sluimerend langs Karen se bed, hopend dat sy nou wakker sal word. Hy hoor haar na hom roep en sit vervaard orent. Het hy gedroom?

Hy sit nou wawyd wakker met haar hand in syne, toe sy weer sy naam roep. "Johan?"

"Karen, lief! Ek is hier by jou."

"Ek is so moeg, waar is ek? Alles is so donker," sê sy benoud.

Nog voor hy kan antwoord, stap die dokter die kamer binne en hoor die benoudheid in haar stem.

"Welkom terug by ons," sê hy met 'n kalmerende stem, terwyl sy kennersoog wakend, oplettend oor haar gesig beweeg.

"Ek kan nie, sien nie! Alles is donker om my," antwoord sy angstig.

"Nou laat ek kyk. Maak jou oë oop, sodat ek diep in jou oë kan kyk," sê hy humoristies wat 'n kalmerende uitwerking op Karen het. Hy haal sy oftalmoskoop uit en begin sy ondersoek.

Die oogbal bestaande uit die lens, kornea, iris en pupil van beide oë lyk normaal.

"Ek sien niks abnormaal in jou oë nie. Ons noem dit tydelike blindheid. Dit gebeur wanneer daar 'n blokkasie in die aartjie ontstaan en soos die brein herstel begin bloed sterker vloei en keer die sig terug na normaal. Dit kan tussen twee dae tot twee weke neem om te herstel. Indien daar enige skade is, sal ons dit eers na twee weke kan weet, maar ek glo nie jy moet jou onnodig bekommer nie. Ek gaan die suster vra om jou oë te verbind; ek wil nie hê daar moet enige lig inkom nie. Die verbande gaan vier-uurliks geruil word. Ontspan jy nou net. Jy moet soveel as moontlik rus kry."

"Dankie, dokter." Karen se stem klink hees.

Gerusstellend neem Johan haar hand in syne en gaan sit weer langs haar bed.

"Die sny is besig om mooi te genees. Hoewel dit 'n baie diep sny was, het die dokter met sekerheid gesê dat jy geen letsel sal oorhou nie!"

"Hoe kon hy dit doen? Ek en Neels was verloof. Het dit dan niks beteken nie?"

"Geld, mag, narsisme het van hom 'n monster gemaak. Maar hy is dood, my liefste. Jy hoef nooit weer te vrees dat hy jou in die hande sal kry nie. Was dit nie vir Armand se oproep en bekentenis nie, weet ek nie hoe ons jou sou opgespoor het nie. Hulle was slu en slinks en het hulle spore toegegee," deel hy haar mee.

Pauline loer ook later in. "Ek is so bly jy is wakker. My blydskap kan ek en nie in woorde uitdruk nie," sê sy terwyl sy 'n traan wegpink.

"Dankie, Tannie. Dit is lekker om weer te kan hoor en praat, nou moet ek net kan sien, dan is ek weer mens," skerts Karen. "Kan tannie asseblief vir Johan sê hy moet gaan rus? Ek kan nie sien nie, maar voel hoe steek daardie stoppelbaard en ek weet hy was elke uur van die dag hier!"

"Het ek dan nie 'n sê nie? Kyk teen twee vroue kan 'n man nie wen nie," terg hy, terwyl hy Karen soengroet. Die moegheid laat hom tam.

129

Pauline kan vanoggend na vyf dae se spanning 'n verandering aanvoel toe sy Karen se kamer binnestap.

"Het ek iets gemis? Daardie glimlag spreek boekdele," wil sy weet.

"Tannie, die dokter het gesê ek kan dalk môre oorgeplaas word na 'n privaat saal. Met die omruil van die verbande vanoggend kon ek blur sien. Nog goeie nuus is dat my pa môre of oormôre kom. My nuuskierigheid is besig om die oorhand te kry rakende die nuwe roman wat ek besig was om te lees voordat alles gebeur het," babbel sy voort. "Ek weet nie of tannie al ooit enige roman van A&P gelees het nie? Johan het dit vir my gaan haal om my aan te spoor om vinniger gesond te word. Sal tannie dalk vir my voorlees?"

Pauline laat haar nie twee keer nooi nie. A&P is loshande haar gunsteling skrywer.

Karen het die grootste deel klaar gelees, dus bly daar net so twee hoofstukke oor. Aan die einde van die roman, rol die trane onbeskaamd oor die twee vroue se wange.

Dit is Pauline wat eerste die stilte verbreek. "Hierdie verhaal kon net sowel, my en Johan se pa se verhaal gewees het, al wat verskil is plekke en name!"

"Het tannie dit nie al oorweeg, om Johan se pa op Facebook op te spoor nie?"

"Haai, nee my kind. Facebook is vir julle jong mense en dit sal maar net ou wonde oopkrap. Ek glo hy is ook seker getroud en het heel moontlik 'n gesin, want hy was nogal sag op die oog. Nou dat ons so praat onthou ek, ek hom eenkeer vinnig op televisie gesien. Met Johan by die huis is die is die televisie altyd op een of ander sportkanaal. Watse sportkanaal dit was, waarop ek hom gesien het, kan ek nie eers meer onthou nie," korswel sy.

"Hou ma nie meer toesig by die koshuis nie? Met die trant wat hier gekuier word, sal die dokter genoodsaak wees, om julle al twee hier uit te boender nie," skerts Johan toe hy inkom voordat hy afbuk en Karen teer, sag op die lippe soen. Hy kan nie meer wag vir die dag wat hy haar in sy arms toevou en liefkoos nie.

"Hygend hert! Kyk waar staan die tyd al. Ek sal moet wikkel, anders is ek laat," groet Pauline en stap by die kamer uit en drafstap die gang af.

Met die kom die dokter intensiewe-sorgeenheid binne en groet vriendelik, terwyl sy professionele oog oor die monitors beweeg.

"Nou wil ek bietjie in jou oë kyk," skerts hy, terwyl hy die verbande stadig afrol.

Johan voel hoe die spanning stadig in hom opbou in afwagting. Net voor hy die laaste verband van haar oë aflig vra hy die suster om die ligte te verdof. Dan verduidelik hy presies wat volgende gaan gebeur. Vir eers sal sy vir twee minute met oë toe moet lê met die een laag verbande nog oor die oë en wanneer dit verwyder is, sal hy vir haar sê om haar oë oop te maak.

Hy verduidelik ook aan haar dat dit nog in die vroeë stadium is, en dat sy nie te hoë verwagtinge moet hê nie. Hy doen dit ook net, omdat sy blur gesien het vanoggend.

Uiteindelik is die twee minute verby, en het die oomblik van afwagting aangebreek. Johan loer na Karen voor die dokter vir haar sê om haar oë oop te maak, en sien die opgewonde uitdrukking op haar gesig.

"Ek kan sien! Ek kan sien!" roep sy vreugdevol uit, terwyl trane van vreugde oor haar wange rol en Johan ook ongesiens 'n traan afvee.

"Vir die volgende sewe dae beveel ek aan dat jy maar 'n sonbril moet dra, want jou oë gaan sensitief vir die lig wees. Aangesien die eenheid vir mense met ernstige beserings of siektes is, beveel ek aan dat jy nou na 'n privaat saal of kamer soos jy verkies, geskuif kan word.

Ongekende blydskap omvou die twee verliefdes se hart, terwyl Johan sy selfoon uithaal om sy ma en Karen se pa die goeie nuus mee te deel.

Dit voel vir Karen soos 'n droom. Haar nagmerrie is verby. Dit maak haar nederig en dankbaar jy kan hoe arm wees, maar indien jy gesond is, is jy skatryk. Met die wat die verskuiwing van die intensiewesorgeenheid na 'n privaat kamer plaasvind, glip Johan gou uit na die hospitaal kafee om vir haar 'n vrouetydskrif en sjokolade te koop.

Hy besef sy ma en Karen se pa het nog nie ontmoet nie, maar dit gaan hom nou nie verhoed om haastig te raak met die troue nie. Dit klink of oom Adriaan die keer meer tyd ophande het, en dit bied die ideale geleentheid is vir hulle om mekaar te ontmoet.

Omdat Karen nou in 'n privaat kamer is, is dit die ideale ontmoetingsplek en oom Adriaan kom juis oormôre.

Hoofstuk 9

"Môre, Oom, dit is nou 'n verrassing, ons het oom eers môre verwag. Is dit nou nie toevallig nie, hier kom my ma ook aangestap; nou kan ek oom-hulle uiteindelik aan mekaar voorstel. Ag verskoon my net 'n oomblik ek moet die oproep neem," brom Johan, met 'n ongeduldige uitdrukking op sy gesig toe sy foon lui. Hy het skaars twee minute gepraat, maar toe hy omdraai is, geeneen van hulle insig nie. Dit is snaaks dink hy. Hulle was dan nou nog hier, hy sal maar na werk by Karen hoor hoe het die ontmoeting verloop.

Majoor Kleinhans het na Neels se selfdood net spoorloos verdwyn, tot vandag toe is hy nog weg. Die selfoon wat in sy liasseerkabinet ontdek was, het die rede vir sy verdwyning verskaf; dit is ook deel van die agenda op vandag se vergadering, want nuwe inligting het vorendag gekom. Vandag sal ook sy laaste vergadering wees, voor sy loopbaan aan die einde van die week tot einde kom. Hy gaan dit mis, maar dit is 'n nuwe begin, hoofstuk wat in sy lewe aanbreek.

"Pauline is dit werklik jy? Om te dink na al die jare se gesoek, loop ek jou in 'n hospitaalgang raak. Kom ons gaan sit in die tuin; ek dink ons het baie om oor te gesels!" Adriaan neem Pauline liggies aan die elmboog en stuur haar in die rigting van die tuin.

Pauline se verbasing laat haar stom, terwyl sy gedwee toelaat dat hy haar aan die elmboog in die rigting van die tuin stuur.

"Wat, maak jy hier? Ek bedoel, werk jy hier?" Pauline bloos omdat sy so oor haar eie woorde struikel.

Hy glimlag sy bekende dimpelglimlag wat nog dieselfde effek op haar het as twee-en-dertig jaar gelede.

"Ek het vir my dogter, Karen, kom kuier. Ek sal jou graag aan haar wil gaan voorstel, indien jy nie omgee nie."

"Karen? My seun se groot liefde se naam is Karen!"

"As jou seun se naam Johan is, praat ons van dieselfde Karen. Ek praat gereeld met Johan. Hy het my deurlopend op hoogte gehou van haar toestand."

Pauline verbleek en knik. "My seun se naam is Johan, ja, maar dan sal ek en jy baie dringend moet praat, Adriaan. Johan... Johan is jou kind. Daar is dus geen manier waarop hy en Karen 'n verhouding mag hê nie!"

"My ma het op haar sterfbed gesê dat ek 'n seun het, maar ek het nie besef dat dit Johan is nie. Karen is egter my stiefdogter uit my oorlede vrou se vorige huwelik. Hulle is dus vry om mekaar lief te hê. Daar is eers baie wat ek graag persoonlik met jou wil bespreek. Weet jy dalk van 'n plek waar ons rustig kan sit en gesels?"

"Ek kan vir jou koffie of tee aanbied. My woonstel is nie vêr hiervandaan nie," stel sy voor.

"Dankie, dit sal heerlik wees," antwoord hy glimlaggend waarna hulle in die rigting van die parkeerarea stap.

Pauline voel byna kortasem. Uiteindelik na twee-en-dertig jaar gaan die geheim van Adriaan se onverwagse verdwyning en stilswye opgelos word.

Hulle ry sommer met Adriaan se motor na Pauline se woonstel toe. Haar woonstel is deel van haar persoonlikheid, merk Adriaan op toe sy kombuis toe stap om te gaan koffie maak. Hy kyk rond en sien die boek op haar koffietafel lê. Hy tel dit op. Hoe goed ken hy dit nie, dink hy glimlaggend.

Pauline is vinnig terug en sien Adriaan met die boek in sy hande staan. Sy glimlag. Adriaan was mos maar altyd lief vir lees, onthou sy.

Sy beduie na die boek in sy hande. "Dit is so al of die skrywer ons jeugverhaal neergepen het. Net ander name en plekke gebruik het en ja, ek het lekker getjank op die einde, want hulle het nog nie bymekaar uitgekom nie!"

"Dit ís ons verhaal, Pauline. Ek is die skrywer."

Pauline se mond val oop van verbasing.

"Jy? Jy is die skrywer, A&P?" wil sy verstom weet.

"Ja, Maar ek het jou nou weer gekry na al die jare, so ek sal seker maak die lesers kry 'n gelukkige einde wanneer ek die opvolg en slot skryf," belowe hy en glimlag vir haar gesigsuitdrukking.

Vreugdetrane rol oor haar wange toe sy besef wat Adriaan bedoel. Sy stap sonder huiwering in sy arms in toe hy dit oophou vir haar. Met sy duime vee hy haar trane van twee-en-dertig jaar se verlore liefde af en laat sy lippe strelend oor haar klam ooglede gly voor dit vlindersag op haar lippe land.

"Om te dink, my seun en jou dogter is verlief en hier vind ons mekaar ook weer na al die jare," sê Pauline sag.

"Ja. Ons het so het soveel verlore tyd om in te haal, maar daar is ook soveel misverstande wat uit die weggeruim moet word. Waar sal ek begin? Jy het soos mis voor die son verdwyn, en dit het my tot raserny gedryf, want ek het geweet dit is nie wie jy is nie en tog het dit gebeur. My Ma het stilswyend haar skouers opgehaal met my eerste naweekpas. "Dit is maar hoe die mensdom is my kind," was haar woorde. Dit het diep en seer gesny; ek wou dit nie glo nie. Op parade wanneer die peloton Sersant die briewe uitdeel het ek bly hoop, maar al briewe wat ek gekry het was van my Ma en die wat ek vir jou gestuur het met 'n stempel agterop return to sender," sê Adriaan en neem 'n sluk van sy koffie. Pauline sien hoe die gisters in sy blou oë blou oë afspeel toe hy verder vertel. Hoe hy na sy diensplig na haar gaan soek het, maar iemand anders by die adres aangetref het hulle was nuwe intrekkers en het glad nie die Ekron familie geken nie die bure kon ook nie help nie. Daar het hy besef dat dit 'n doodloopstraat is en is toe Winkelspruit toe om by die C.S.V. Kamp waar hulle ontmoet het te gaan afskeid neem.

"Ek kan net nie verstaan waarom jou Ma nie my adres vir jou aangestuur het nie, want toe ek met haar oor die foon gepraat het, het sy my belowe sy sal so maak. Al wat ek dink wat kon gebeur het, was dat sy my adres misplaas het en nie geweet het waar om my in die hande te kon kry nie. Onthou, ek het nie jou adres gehad nie, want jy het self nie geweet waar hulle jou gaan plaas nie. Omdat ons getrek het, het ek my nuwe adres vir jou Ma gegee om vir jou aan te stuur, en as sy dit verloor het was daar geen manier dat sy my kon opspoor nie. Dit was ook die laaste keer wat ek met jou ma gepraat het."

"Maar waarom het sy dit van my weerhou dat ek 'n seun het?" vra Adriaan

"Toe ek niks van jou hoor nie het ek aangeneem jy het aanbeweeg en wou ek jou nie bind deur 'n kind nie, want sonder liefde werk geen huwelik nie. Daarom het ek net 'n kort brief vir jou ma geskryf en haar meegedeel van Johan se geboorte. Die brief het ek ook gepos toe ons met vakansie in Port Edward was saam met my pa-hulle. Dus, as sy my sou wou opspoor was dit ook 'n doodloopstraat, dus was daar geen manier dat jou ma kon weet waar om my te kry nie. Ek glo toe jy my nie kon opspoor nie het jou ma die inligting van jou weerhou om jou nog verdere seer te spaar. Dink net hoe swaar het sy aan die geheim gedra, wetend sy het 'n kleinseun wat sy nooit gaan sien of aanraak nie. Haar swye was om jou pyn te spaar, maar sy kon nie die geheim saam met haar graf toe neem nie die, dat sy jou om haar sterfbed vertel het, sodat sy in vrede kon sterf. Dit wys jou ons dien 'n God van wonder wat gebede verhoor op Sy tyd en nie ons sin nie en laat Hy elke legkaartstukkie presies pas volgens Sy plan," snik Pauline, terwyl trane vrylik oor haar wange rol.

"Nou verstaan ek die hart van 'n moeder wat alles opoffer net op haar kind die seer te spaar. Vir al die jare het sy die seer alleen gedra. Net jammer sy kon nie sien hoe haar gebede verhoor is nie, maar tog dink ek sy sit met 'n groot glimlag op haar mond en kyk hoe haar gebede ontvou beslis meer as waarvoor sy gevra het," sê Adriaan skor.

"Om te dink, my seun en jou dogter se liefde het ons het ons weer bymekaargebring. Wys jou maar net, ons dien 'n God van wonders wie se wee ons nie altyd verstaan nie," glimlag Pauline.

Nadat hulle uiteindelik sovêr kom om die koffie te drink, trek Adriaan haar orent.

"Kom laat ons ons vreugde met die kinders gaan deel. Hulle gaan dalk geskok en verbaas wees, maar hulle sal gou daaroor kom," skerts hy voordat hy haar teer soen, en hulle hand aan hand by die woonstel uitstap.

Met die troumars wat 'n nuwe begin en 'n pad van liefde uitbasuin, kom Karen stralend en prentjiemooi, aan haar pa se arm die paadjie afgestap. Die oomblik toe Adriaan die deurskynende sluier lig, en haar 'n afskeidskus op die wang gee, pink Pauline 'n vreugdetraan vinnig weg.

Met Adriaan se stewige handdruk oorhandig hy sy dogter aan Johan.

"Jy is beeldskoon, Hartedief," fluister Johan toe Karen by hom inhaak.

Die dominee maak keelskoon. "Ek het die huweliksformulier, vir julle so bietjie aangepas. Om julle ontmoeting en pad saam beter te omskryf.

"Karen, weens diefstal van Johan se hart, vonnis ek jou lewenslank tot harde liefdesarbeid in Johan se hartstuin, ongeag mooiweer of stormweer.

"Johan vir jou stel ek aan as bewaarder van Karen se hart. Jy sal haar beskerm, met warm liefde teen die ongenaakbare storms van die lewe."

Ringe word aangesit, waarna die predikant hulle as man en vrou verklaar.

"Nou mag jy maar jou bruid soen, Johan," sê hy met 'n breë glimlag.

Ané

Brenda van Vuuren

Hoofstuk 1

Sy groot, growwe hand bedek haar klein, sagte gesiggie terwyl hy probeer om haar mond toe te druk. Hou na hou slaan Gert du Preez al sy frustrasie op Ané uit. Daar waar die harde leerband haar lyf genadeloos tref, los dit 'n duidelike merk. Sy probeer haar lyf rond wriemel om die houe te vermy, maar sy greep raak al hoe stywer om haar gesig en skraal arms en kneus weer haar vel waar die ou letsels net besig is om gesond te word.

Met elke pynlike hou stroom trane onkeerbaar uit haar smaraggroen oë en die nattigheid maak dat sy greep gly.

"Pappa, asseblief!" smeek Ané desperaat toe sy uit Gert se greep loskom. Uit frustrasie gooi hy die leerband met al sy krag teen haar bors vas.

"Jy, Meisiekind, is 'n pes! Ek háát jou!" bulder hy en klap haar met genadelose woede, plat hand deur die gesig. Haar weerlose lyf val teen die wit laaikas en die houtknop kneus haar rug pynlik. Hy wou nóóit 'n kind saam met Anika gehad het nie. David was genoeg, maar nou is sy hier ... 'n klein niksnut wat hom daagliks herinner aan watse swakkeling haar ma was ... en hy moet haar versorg!

"Maar, Pappa, ek het niks verkeerd gedoen nie. Ek belowe ek het nie Pa se pen gevat nie. Dit was nie ek nie, Pappa," huil sy histeries.

"Jy moes saam met jou ma gevrek het! Klein nikswerd!" gil hy woedend. "Ek wou jou nóóit gehad het nie, maar jy was mos jou ma se prinses. Nou is sy nie meer hier om jou te beskerm nie!"

Hy tel haar aan haar lang swart hare op sodat sy op haar voete staan. "Ek kon my geld op beter maniere

140

gebruik het as om vir jou te sorg!" sê hy en klap haar dan weer teen die laaikas vas. Die knop haak aan die bandjies agter haar rok vas en skeur haar gunstelingrokkie agter oop. Ané waag dit nie om daar op te staan nie. Sy bly net daar in 'n bondeltjie sit tot hy uit die kamer storm en die deur met mening agter hom toeslaan en sluit.

Tóé eers kom sy orent. Huilend gaan lê sy op haar enkelbed toe die pyn deur haar lyf skiet en klou sy desperaat aan die pienk geblomde kussing vas wat haar ma lank gelede vir haar gekoop het. In haar gedagtes roep sy haar ma, pleit dat sy haar moet kom haal en saam terug hemel toe vat.

Sy onthou nog Anika se laaste woorde: "Wees sterk vir Mamma, my prinses. Ek is lief vir jou," en daarna het haar oë toegegaan en was sy weggeneem van dié lyding wat kanker veroorsaak het, en ook die daaglikse mishandeling van Gert se wrede hande.

Ané se maag grom en bring haar terug na realiteit. Sy probeer om die pyne van haar honger maag te vermy deur haar kussing stywer teen haar vas te druk. Dit is twee dae sedert sy laas iets ordentlik geëet het, maar môre as haar pa gaan werk sal sy by die kafee gaan kos vra.

Sy sluimer net in toe sy sirene buite die huis hoor. Sy probeer sagter asemhaal om te luister, maar kan nie 'n woord hoor nie. Versigtig sluip sy na haar venster en loer skelm deur haar verbleikte kantgordyn wat skeef op die reling hang. As haar pa haar nou sien is sy in groot moeilikheid.

Klaasdorp se straatligte is flou en sy kan nie veel sien nie. Voor die huis staan 'n polisiekar en sy kan twee polisiemanne op die stoep sien staan.

Met 'n harde klapgeluid hoor Ané die voordeur van hulle huis toeslaan. Wie kan dit wees? wonder sy. Dis óf haar pa, óf iemand wat haar kom red het.

"Help!" skree sy met die laaste bietjie krag binne haar met die hoop dat iemand haar sal hoor.

David, Ané se halfbroer, sluit haar kamerdeur saggies oop en gaan haar kamer binne.

"Sjt, Pa gaan jou hoor," fluister hy en druk haar saggies teen sy skraal lyf vas. "Dis oukei, alles gaan oukei wees," troos hy haar.

Huilend gaan sit sy weer op haar bed toe die moedelose gevoel haar liggaam oorneem en sy besef dat sy nie vandag gered sal word nie. "Hoekom is die polisie hier, Boeta?" vra sy na 'n rukkie se stilte en trek haar kussing weer teen haar vas.

"Ek kon nie veel uitmaak waaroor hulle gesels nie. Ek het probeer luister, maar toe sien Pa my en maak die voordeur toe." Hy vryf oor haar hare en steek die lank stuk wat in haar gesig hang, agter haar oor in. Die merk in haar gesig is steeds rooi waar Gert se hand vroeër geland het. Hy kyk na die merk op haar wang en dan beweeg sy oë af na die persblou kol wat geswel op haar arm uitstaan.

Hy sug. "Is jy oraait?" vra hy sag. Die knop in sy keel wil hom verwurg en die skuldgevoel binne hom trek aan sy hartsnare. Hy weet dis verkeerd wat sy pa doen, maar hy staan magteloos teen sy pa. Die regte ding sou wees om sy pa te gaan verkla … gaan hulp soek omdat Ané so mishandel word, maar hy is tog lief vir sy pa. Hy wil nie hê hy moet tronk toe gaan nie.

"Boeta, ek het nie Pa se pen gevat nie. Ek belowe," sê Ané hartseer.

"Sjt, asseblief Sussie. Pappa gaan ons hoor dan is daar groot moeilikheid." Hy druk haar vertroostend teen hom vas. "Ek weet jy het nie die pen gevat nie. Pa het die pen in sy swart notaboek gekry op die kassie in die badkamer."

Hy staan op, gee haar 'n drukkie en 'n soen op die voorkop voordat hy uitloop, die deur saggies agter hom toemaak en sluit.

Soos 'n gevangene sit sy alleen in haar kamer. Sy haal die ou vaal Kinderbybel uit haar bedkassie uit en laat dit tussen haar twee hande op haar skoot oopval. Tussen twee bladsye haal sy 'n foto uit. Dis 'n foto van haar ma, Anika, toe sy nog mooi versorg was, met haar swart krulhare netjies opgevat en haar groen oë duidelik en spoggerig gegrimeer ... voordat kanker haar prag weggevat het en chemo die krulle een vir een laat uitval het. 'n Engel van 'n mens was sy, het die predikant vir Anika op haar begrafnis beskryf terwyl daar wit roosblare oor die eenvoudige houtkis gegooi is terwyl dit in die graf neergelaat is.

"Dis amper 'n jaar terug, Mamma, en ek mis Mamma so!" begin sy met die foto van haar ma gesels. Sy lê terug met die foto styf teen haar bors gedruk en raak uiteindelik so aan die slaap.

Die lendelam eetkamertafel is vir twee gedek. Wit blompatroonborde en blik-bekers op die twee punte van die tafel, met 'n mes en vurk oorkruis op elke bord neergesit. Gert gaan sit op 'n stoel by die punt van die tafel naaste aan die venster wat uitkyk op die agterplaas, wat verlig word deur die bure se buitelig.

Daar heers stilte aan tafel, met net klipwerfmusiek wat saggies in die agtergrond speel. David eet stadig en langtand aan die smaaklose skulpiepasta met maalvleis wat hy self gemaak het. Gert lig sy beker met sy een hand op terwyl hy met geligte wenkbrou na David gluur wat sy kos oor en weer met sy vurk deurmekaarkrap.

Die vurk krap die bodem van sy bord soos naels teen 'n swartbord en die geluid veroorsaak 'n rilling deur sy lyf. Hy kyk meteens op na Gert se donkerbruin oë wat steeds na hom staar. Gert slurp sy koeldrank asof dit warm koffie is en kap die beker met mening op die tafel neer. Die rooi koeldrank loer oor die beker se rand, maar net 'n paar druppels spat uit op die verbleikte bruin tafeldoek.

"Hoekom eet jy nie jou kos nie?" wil hy meteens weet.

"Ek is nie baie honger vanaand nie, Pa. Ek het etenstyd ses snye brood geëet en sal eerder die kos bêre vir môre deur die dag as pa by die werk is," lieg hy.

Hy, wat goeie waardes en maniere deur sy ma geleer is, het deur die jare al hoe meer leuens aan Gert begin vertel, meestal om die vrede te bewaar en vir Ané te beskerm. As sy ma hom so moet hoor jok draai sy in haar graf om, maar hy beskou dit alles as klein, dog noodsaaklike, wit leuentjies.

"Ek hoop nie jy is van plan om jou kos vir daai klein snert te gee nie! Sy kan môreaand kos kry as sy aandete maak," waarsku Gert met 'n grimmige uitdrukking op sy gesig. "Eet jou kos klaar of gee dit vir die bure se hond! In hierdie huis word geen kos gebêre nie, hoor jy my?!"

Gert staan vinnig op en sy stoel skuur op die teëlvloer agteruit. Versadig geëet val hy op die verwaarloosde stoel in die televisiekamer neer en plaas sy voete op die koffietafel wat hy voor hom intrek. Luilekker wikkel hy hom in totdat hy gemaklik is en skakel die televisie oor na die aksieprogram wat hy elke aand volg.

"David, gaan sluit oop vir jou suster sodat sy hier kan kom skoonmaak. Sy bly nie verniet hier nie!" bulder hy moedswillig hard sodat Ané hom moet hoor.

David wat nog aan tafel sit en aan 'n plan dink om dié kos vir Ané te bêre, staan meteens op. Hy reken dit is die beste geleentheid wat hy sal kry om sy kos verby sy pa te kry terwyl hy aandagtig na sy program kyk. Op sy gemak loop hy deur die oop leefarea sodat Gert nie agterdogtig raak nie en sluit die deur van Ané se kamer weer oop.

Haar lang, skraal liggaampie lê stil op haar bed. In droomland mag sy skool toe gaan en saam met maats speel. Anika is ook daar, nog gesond en spoggerig met haar swart krulle wat wapper in die wind, maar voor sy in haar ma se arms kan spring, hoor sy hoe David haar roep.

"Sussie, word wakker." Hy vryf saggies oor haar gesig en vleg haar hare tussen sy vingers deur. "Ek het vir jou kos gebring, maar sjt, Pappa mag nie weet nie," fluister hy toe haar oë oopgaan.

Sy sit regop, nog deur die slaap en steek haar hand uit na die bord kos wat hy in sy hand hou. "Dankie, Boeta," fluister sy, maar hy trek die bord terug.

"Sussie, Pappa wil hê jy moet die etenstafel en kombuis gaan skoonmaak. Hy het my gevra om jou te kom roep. Maak eers skoon en daarna kan jy kom eet, anders gaan Pappa iets agterkom as ons te lank vat. Jy sal die kos op iets moet uitskep, want Pappa sal agterkom as my bord nie daar is nie," sê hy.

Ané haal die deksel van 'n roomysbak waarin sy haar kouse bêre af en skep versigtig die kos daarop uit.

"David, waar draai julle?!" skree Gert van binne af.

"Ons kom, Pappa!" skree hy terug en loop saam Ané kombuis toe.

Die warmwater brand haar gekneusde hande terwyl sy die skottelgoed versigtig in die staalwasbak pak. Gert se bord lê nog op die rand van die wasbak se kas en die bietjie oorskiet laat Ané se uitgehongerde maag grom. Sy draai om om te kyk of Gert haar dophou, maar sien sy aandag is gefokus op die televisie. Met haar kaal hande druk sy die kos vinnig in haar mond. Ietwat vraatsig, maar sou sy nou 'n vurk gebruik, mag hy haar dalk hoor. Die bietjie kos vul die hol kol op haar maag, terwyl sy uitsien na die bak kos wat in haar kamer wag.

Met die skottelgoed klaar gewas begin sy die tafels en kaste afvee en die vloer mop terwyl sy wag dat meeste van die water van die skottelgoed afloop. Daar is net een ou geskeurde afdrooglap wat na 'n ruk nie meer afdroog as die skottelgoed te nat is nie.

Sy trek 'n leë blou emmertjie nader tot voor die kas. Versigtig staan sy op die emmer en strek tot bo om die borde te bêre.

David sit hulpeloos op die bank in die televisiekamer na haar en staar. Volgende jaar as hy klaar is met skool gaan hy haar hier wegvat, dink hy vasbeslote.

Ané vat die emmertjie en bêre dit in die hoek langs die yskas nadat sy al die skottelgoed gebêre het, en hang dan die nat afdrooglap oop oor een van die stoele by die eetkamertafel.

Onseker wat haar pa se volgende versoek sal wees gaan staan sy versigtig by die ingang wat die banke maak om die sitkamer se spasie af te skort. Gert se koue, gevoellose kyk stuur vrees deur haar en sy trek haar lyf styf om vir enige onverwagte houe voor te berei.

"Jy kan teruggaan kamer toe. Dis al lankal verby jou slaaptyd," sê Gert met 'n koue stem.

Sy loop terug kamer toe. Die minder-waardige gevoel binne haar laat trane by haar oë uitstroom en sy val op haar bed neer. Met haar kussing teen haar bors vasgetrek pleit sy weer woordeloos dat Anika haar sal kom haal en saam terug hemel toe neem. Die trane maak haar visie wasig, maar sy kan die kos wat David vir haar gebêre het op haar bedkassie sien staan.

Meteens staan sy op en vee die trane met haar rokkie se onderkant van haar wange af. Sy gryp haar pienk plastiek-lepeltjie waarmee sy gewoonlik haar poppe kamstig voer. Haastig vee sy dit af met haar rokkie se onderkant wat nog natterig is van haar trane en begin smullekker aan die smaaklose pasta eet. Met haar magie vol trek Ané haar, te klein, nagrokkie aan en kruip in haar bed in.

Daar is 'n opgewondenheid oor môre wat binne haar heers. Wanneer Gert myn toe gaan om te werk en David by die skool is, kan sy die buurt om die huis inspekteur. Met haar kussing teen haar bors en Anika se foto in haar hand, sluimer sy in waar droomland steeds op haar wag.

146

Hoofstuk 2

Maandag se goudgeel vroegoggendson maak blomfigure teen Ané se wit kamer-muur soos dit deur die kantgordyn loer. Voëls se gesing en motors wat in die vêrte beweeg is die oggendgeluide waarmee sy wakker word. Die reuk van koffie hang nog in die huis toe sy haar kamerdeur oopmaak en kombuis toe loop om vir haar 'n glas water in te gooi. Gert en David is vroeg-oggend al uit die huis en hulle ontbyt-bakkies en koffiekoppies staan net so op die eetkamertafel gelos.

Sy loop badkamer toe en draai die warm- en kouewaterkraan gelyk groot oop, want saam sal die water die bad vinniger opvul aangesien die avonture wag.

Met 'n gespat spring sy in die bad, kop onder die water. Sy hou haar asem op vir so lank as wat sy kan voor sy opkom, lugskep en weer onder die water insak, net om seker te maak al haar hare is nat. Die gebreekte stukkie seep haak aan die geskeurde waslap vas soos sy dit oor en weer vryf om genoeg borrels te maak, dan was sy al die nodige plekke deeglik voor sy weer die seep vat, dit tussen haar hande vryf en haar hare daarmee was.

Met nog 'n gespat sak sy weer onder die water in en hou haar asem op vir so lank as moontlik terwyl sy haar kop van kant tot kant swaai om die seep uit haar lang swart hare te kry. Die vloer om die bad is sopnat soos die water uitspal.

Sy gryp Gert se grys handdoek van die reling agter die deur en droog haar vlugtig af voor sy die vloer daarmee begin opdroog. Die nat handdoek val soos 'n swaar klip binne die plastiek wasgoed-mandjie in die hoek van die klein badkamer.

147

"My God is so groot, so sterk en so magtig. Daar is niks wat my God nie kan doen…" sing sy terwyl sy terug kamer toe huppel. Versigtig maak sy die skewe deur van haar verwaarloosde hangkas oop.

"Inky pinky ponky," gaan sy deur haar vier rokkies wat in haar kas hang tot die rympie self haar daaglikse uitrusting kies, dan kam sy haar nat hare in verdeelde stukke deur en los dit om self droog te word. Vinnig hardloop sy terug badkamer toe, gryp die wasgoedmandjie en haas dan weer kombuis toe. Sy trek die leë blou emmertjie wat langs die yskas is nader, en staan daarop om binne die wasmasjien te sien. Vinnig spring sy van die emmertjie af, gryp soveel klere as wat sy kan vat en gooi dit in die wasmasjien, dan word die seeppoeier met 'n maatkoppie in die lopende kouewater gegooi en die deksel van die wasmasjien toegemaak.

Sy draai die warm en koue kraan van die wasbak gelyk oop sodat dit vinnig opvul en gooi die laaste bietjie afgewaterde skottelgoedseep daarin. Vraatsig eet sy aan die bietjie pap wat Gert en David in hulle ontbytbakkies gelos het voor sy die skottelgoed versigtig in die wasbak pak.

Die kombuis en televisiekamer is net klaar skoongemaak toe die wasmasjien klaar is. Sy hang die wasgoed met die paar heel wasgoedpennetjies op die wasgoed-lyn buite, voordat sy terug hardloop in die huis in om beddens op te maak.

Gert se bed moet perfek opgemaak word soos haar ma dit altyd sou doen. Die paslaken word netjies tussen die matras en basis ingesteek, gevolg deur die vaalbruin gevlekte duvet. Netjies word sy skoene in 'n ry onder in sy hangkas gepak en die gefrommelde werkshemp, wat tien teen een vanoggend nie na sy sin gepas het nie, word weer netjies opgevou en in die kas gebêre.

David aan die ander kant, maak elke oggend self sy kamer skoon en trek dan die deur toe sodat Gert dit nie kan sien nie.

Met een gooi waai Ané se duvet en val in plek op haar bed, dan skud sy haar kussing twee keer en sit dit opgepof op haar bed neer. Versigtig tel sy haar pienk geblomde kussing van die grond af op en sit dit skuins bo-op die ander kussing neer sodat dit spoggerig uitstaan.

Uitgestrek staan sy op die krat waarin haar paar blokkies gebêre word en haal die versteekte grimeersakkie, van haar ma, agter die paar baadjies bo in haar kas uit. Een vir een word elke kwassie, grimeer-buisies en lipstiffie uitgepak op haar bed.

Vir ure kon sy haar ma dophou terwyl sy sukkel om die blou kneusmerke op haar gesig met grimering toe te smeer, totdat dit onsigbaar is. Sy volg haar ma se voorbeeld deur die kneusplekke met geel oog-skaduwee in te kleur, gevolg deur onder-laag en poeier wat alles, namens haar, mooi laat inpas.

Opgewonde pak sy weer alles terug in die grimeersakkie en steek dit weer agter die baadjies weg, voor sy 'n paar verbleikte wit sykouse en haar bruin stewels aantrek.

Met 'n gehekelde trui aan om die kneusplekke op haar arms weg te steek, sluit sy haar kamerdeur en bêre die sleutel in die houer op die lendelam houttafel in die gang.

Deur die oop, gekraakte venster van Gert se kamer wriemel sy haar klein lyfie na buite. Met haar een hand klou sy aan die diefwering en trek haar voete deur. Sy vind haarself staande op die vensterbank en met een sprong land sy in die verlepte blombedding, maar kry nie dadelik haar voete nie en val met haar liggroen rokkie in die sand. Vinnig staan sy op, gooi haar hare agter oor haar skouers en stof haar af. Die brandende pyn van die kneusmerk op haar rug is weer duidelik, maar die blommeprag daar buite en voëlgesang maak haar vinnig van die pyn vergeet toe sy by die tuinhekkie uitstap. Met 'n breë glimlag huppel sy straataf op pad na Paul se kafee.

Skielik kom 'n huiswerker om die draai en Ané buk dadelik af, skynbaar besig om haar veters vas te maak.

Het die vrou my gesig gesien? wonder sy by haarself.

"Goeiemôre, klein mejuffrou," groet die vrou vriendelik toe sy verbygaan.

"Môre, Tannie," antwoord Ané saggies. Toe dit veilig is, kom sy orent.

"Daar is vissies in die water, kyk hoe swem hul rond. Daar is voëltjies in die lug en daar is diere op die grond..." kom Ané singend om die draai by die klein kafee op die hoek oorkant die dorp se parkie.

"Goeiemôre, Kleintjie. Ek het jou so lanklaas gesien, en hoe gaan dit vanmôre?" vra Paul toe hy haar op die sypaadjie voor die winkel sien staan.

"Goed dankie, en met oom?" antwoord sy goedgemanierd soos haar ma haar geleer het.

"Watse merk is daardie op jou gesig?" wil hy meteens weet.

"Uhm...ek...Uhm," sukkel sy om aan 'n verskoning te dink.

"Was dit al weer jou broer? Het jy jou seergemaak?" vra Paul besorg, maar Ané vermy oogkontak.

"Dis oukei, ek en my ouer broer het ook so baie baklei en gestoei toe ons jonger was," begin hy vertel terwyl hy die vêrte instaar. Ané leun nader soos sy aandagtig na die storie luister.

"Ja, Oom," antwoord sy toe hy klaar sy storie vertel. "Ek en David het polisie-en-rower gespeel, maar dit was net 'n ongeluk," jok sy. "Ek het probeer grimering opsit, maar ek kry dit nie reg nie," sê sy verder ietwat verleë.

"Hoekom is jy nie by die skool vandag nie?" wil hy ook weet.

"Ek voel nie baie lekker vandag nie," antwoord sy en gee 'n kamstige hoesie.

"Wil jy miskien iets hê om te eet of te drink? Ek het nou net die ketel aangesit en hier is varsgebakte vetkoeke," bied hy aan, maar voor sy hom kan antwoord draai hy om en loop in kafee toe en sy volg gewillig.

Gekruisde bene sit sy oorkant Paul op die bankie voor die kafee en smul aan die warm vetkoek wat sy kort-kort in haar koffie druk. Een na die ander ryg sy die klein vetkoekies in totdat sy versadig geëet is.

Paul staan op en neem hulle borde in toe 'n groep mense naderstap van die bus wat oorkant die kafee stilhou.

Ané gaan lê agteroor op die bankie. Ingedagte bestudeer sy die wolke bo haar wat verskillende figure vorm en oor die hemelsbreë skerm beweeg soos dit deur die ligte briesie gewaai word.

Vinnig kom sy regop toe sy 'n gekleurde voël in die boom skuins bo haar sien beweeg. Saggies en versigtig stap sy nader om dit beter te beskou. Met haar oë op die boom en die voël gefokus, kyk sy nie waar sy loop nie en met een kaplaks val sy met haar knie op die harde sement toe haar voet aan die rand van 'n gat in die sypaadjie vashaak. Die voël is dadelik bewus van haar, strek sy groot blou en geel vlerke en vlieg na die parkie toe.

Sonder om aan die pyn van haar nerfaf knie te dink, spring sy regop en hardloop agter die voël aan. Oor die pad kyk sy nie eers links of regs nie, en by die ingang van die park stamp sy onbewustelik 'n vrou uit die pad.

Dis halfpad die park in toe die voël weer sitplek in 'n hoë boom vind. Moeg en uitasem gaan staan sy, gebukkend met haar hande op haar knieë, onder die boom en hyg na haar asem.

"Skies tog, Meisiekind, jy moet darem kyk waar jy hardloop," sê die vrou. Ané lig haar kop op en sien 'n rooikopvrou voor haar staan. "Jy het my amper onderstebo gehardloop," praat die vrou verder toe sy fronsend na haar staar.

Meteens onthou Ané dat sy iemand per ongeluk gestamp het op pad in, en laat sak sy haar kop in skaamte.

"Ek is jammer, Tannie, ek was haastig," sê sy.

Die vrou staan steeds fronsend na haar en kyk. Haar sig duidelik op Ané se gesig gefokus. "Is jy oukei?" vra die vrou en vat saggies aan die merk in Ané se gesig. "Wat het gebeur?" 'n Bekommerde uitdrukking is duidelik op die vrou se gesig en Ané kan die senuweeagtigheid binne haar nie onderdruk nie.

"Ek en my broer, David, het polisie-en-rower gespeel, maar dit was net 'n ongeluk," herhaal sy die leuen soos wat sy dit aan Paul vertel het.

In die vrou se hand sien sy 'n groot wit papier met 'n gekleurde prent aan die ander kant. "Wat is daardie, Tannie?" wil sy nuuskierig weet toe sy die blou, rooi en geel figuur op die blaai vlugtig sien.

Moedeloos skud die vrou haar kop. "Ek is opsoek na my Arabella." Haar stem is vol hartseer toe sy die blaai omdraai en Ané die kleure van die papegaai duidelik op die foto sien waar dit op 'n kunsmatige boom in 'n huis sit.

Ané se gesig helder op.

"Ek het haar gesien, Tannie," sê sy en wys op na die boom bo hulle.

"Arabella!" roep die vrou luidkeels toe sy haar papegaai sien.

Die arrogante papegaai spring op haar tyd van die een takkie na die ander tot sy binne bereik is en die vrou haar afhaal, teen haar bors vasdruk en haar op haar skouer laat sit.

"Ek is so dankbaar," sê die vrou met 'n glinster van trane in haar oë.

"Ek het haar gesien in die boom daar by daardie kafee," sê sy en wys na Paul se kafee oorkant die parkie. "Toe ek naderstap om te kyk wat dit is, toe val ek en sy vlieg weg, maar gelukkig het ek haar gevolg. Sy is so mooi." Sy vryf versigtig met haar wysvinger oor die kleurvolle voël se koppie.

Met 'n sug van verligting soen die vrou die voël op die kop.

"Ek kan nie genoeg dankie sê nie," sê die vrou en steek haar hand in haar kakiebroek se sak. "Hier is vir jou 'n geldjie." Die vrou hou 'n honderdrandnoot uit na haar. In 'n oomblik van skok staar Ané na die geld wat die vrou na haar uithou. Niemand het al ooit vir haar geld gegee nie. Met 'n glimlag vat sy die geld uit die vrou se hand, bedank haar en huppel die parkie uit, terug na Paul se kafee.

"Oom Paul, oom Paul," roep sy opgewonde. "Kyk wat het ek gekry," sê sy en swaai die noot in die lug.

"Waar kry jy dit, Poplap?" vra hy verbaas. Hy weet dat sy nie iets sal steel nie, maar waar sou sy die geld kry? wonder hy by homself.

"By daardie tannie met die voël op haar skouer," sê sy en wys na die vrou wat by die hek van die parkie uitkom en na haar motor toe loop.

Ané gaan sit weer by die bankie voor die kafee. Uitgeput van die opwinding sluk sy die laaste bietjie van haar koue koffie wat sy in die koppie oorgelaat het. Hoendervleis slaan uit oor haar lyf soos sy gril toe sy 'n stuk van die nat vetkoek in haar mond voel en spoeg dit dat dit doer trek.

Tieng... Tieng... Tieng... Tieng... Slaan die kerkklok vieruur. Met groot oë kyk sy na Paul.

"Ek moet nou gaan, Oom," sê sy en groet hom met 'n drukkie.

"Dankie, vir die kuier. Jy moet sommer vinnig weer kom," groet hy.

Sy hardloop terug huis toe. Daar is nie nou tyd vir besigtiging nie. As Gert voor haar by die huis kom, sal die bloed spat.

Sy maak die tuinhekkie van hulle bouvallige vaalwit huis op die hoek van Darling- en Houtkapperstraat oop. Draad-langs, tussen die bosse deur, sluip sy tot by Gert se kamervenster. Met 'n gesukkel wurm sy haar liggaam weer deur die diefwering tot binne Gert se kamer.

"Boe!" maak David haar skrik toe sy Gert se kamerdeur oopmaak. "En waar was jy?" wil hy kwaai weet.

"Ek ... uhm, ek ... was net gou buite," jok sy, onwetend hoe lank hy al by die huis is. Gewoonlik het hy 'n werkie wat hy iewers na skool moet gaan doen en kom dan eers tussen vyf en ses by die huis, maar vandag het hulle hom nie nodig gehad by die houtwerkplek nie, en is hy vroeg reeds tuis om te leer vir sy komende matriek-eksamen.

Ané laat sak haar kop in skaamte toe sy sien dat hy nie 'n woord glo wat sy sê nie.

"Ek was ... by die kafee, Boeta," kom sy met die hele sak patats na vore. "Ek het by oom Paul gaan kuier en iets geëet en gedrink," begin sy verduidelik. Dit brand in haar om hom te vertel oor die mooi voël en die geld wat sy gekry het, maar sy is skrikkerig.

"Ané, jy kan nie net loop nie!" waarsku hy. "Wat as daar iets met jou gebeur? Ek sal nie weet waar om te begin soek nie! En wat as Pa jou sien!?" Sy se stem is bekommerd. "Sê my tenminste waarheen jy gaan as jy beplan om te loop, sodat ek weet waar jy is." Hy druk haar teen hom vas toe hy sien dat sy stemtoon haar bang maak.

"Ek is jammer, Boeta, ek was net so honger en wou na die blomme gaan kyk het." Haar stem is sag en skrikkerig.

"Het jy darem genoeg geëet?" vra hy besorgend.

"Ons het die lekkerste vars vetkoeke geëet, Boeta. Jy moes saamgekom het. Dit was so lekker, en ek was ook by die parkie..." babbel sy sonder om te dink. Hy kyk met 'n vraende frons tussen sy oë na haar. Sy laat sak haar skouers toe sy besef dat sy nou alles sal moet vertel, want sy sal nie vir hom kan jok nie.

"Daar was 'n groot blou en geel voël in die boom by oom Paul se kafee. Ek het nadergestap om te kyk wat dit is, maar toe val ek," vertel sy en wys na die skaafmerk op haar regterknie. "Toe vlieg dit weg, parkie se kant toe. Haar vlerke was so groot en blou."

Haar gesig helder op soos sy vertel. Met albei haar arms beduie sy hoe die voël sy vlerke gestrek het en hoe dit gewapper het toe die voël weggevlieg het. "Ek het agter die voël aangehardloop. By die ingang van die parkie het ek nie gekyk waar ek hardloop nie, toe stamp ek per ongeluk teen 'n tannie."

Sy laat sak weer haar kop 'n oomblik in skaamte voordat sy verder vertel. "Die voël het hoog in 'n boom gaan sit. Ek was nog besig om my asem terug te kry toe die tannie vir my sê dat ek haar gestamp het. Ek het darem jammer gesê, dit was regtig nie aspris nie, Boeta," probeer sy haarself verdedig. "Die tannie het 'n foto van die voël in haar hand gehou en sy het gesê dat sy opsoek is na dié voël. Ek het vir haar gewys waar die voël is, toe gee sy vir my hierdie geld." Sy maak haar hand oop en wys vir hom die noot wat opgefrommel in haar hand versteek was.

Meteens maak hy sy oë groot oop toe hy die honderdrandnoot gewaar. Ek moet 'n hele middag werk om die geld bymekaar te maak, dink hy by homself.

"Wat gaan jy met die geld doen?" wil hy weet. "Jy kan dit nie vir Pa gee nie, want hy gaan wil weet waar jy dit gekry het."

Sy het nog nie eintlik gedink wat sy met die geld gaan koop nie, en op haar ouderdom weet sy nie die waarde van hierdie noot wat sy in haar hand hou nie.

"Ek gaan vir my en jou koek koop vir my verjaarsdag en ... uhm ... ek gaan vir ons kos koop wat ek sal wegsteek vir wanneer ons honger is," dink sy vinnig.

Haar woorde maak 'n hol kol op David se maag. Dat so klein meisiekind haarself moet bekommer oor kos, maak hom woedend.

"Dis reg so, Sussie. Gaan bêre nou die geld en was daardie grimering van jou gesig af sodat ons kan begin met die kos. Pa het gesê jy moet kos maak vir vanaand."

Hoofstuk 3

Die lendelam tafel is gedek met eetplek vir drie toe die myn se bus voor die verwaarloosde huis stilhou. Met mening klap Gert die voordeur toe, skop sy vuil swart teergevlekte werkstewels uit en gooi sy geel helmet op die tafel in die gang dat die tafel se bene dreig om in te gee.

"Is die kos klaar?" vra Gert, knersend deur sy onversorgde, vrot tande.

"Ja, Pa," antwoord Ané met 'n bewende stem.

Gert gaan sit op sy plek op die punt van die tafel waar sy stoel reeds uitgetrek is, en vat 'n groot hap van die rys- en maalvleisgereg wat Ané voorsit.

"Waar is jou daaglikse geld?" wil Gert van David weet.

"Hulle het my nie vandag nodig gehad nie, Pa, en ek moet nou begin leer vir my eindeksamen wat volgende week begin, so ek kan eers weer gaan werk as ek klaar eksamen geskryf het." David is ook skrikkerig vir Gert en berei homself voor vir enige onverwagte houe.

"Useless," mompel Gert en rol sy oë. "En jy!" Gert kyk met so 'n wrede uitdrukking na Ané dat sy amper aan haar kos verstik. "Jy is al amper sewe, jy kan al begin werk in huise. Wat sit jy in elk geval heeldag by die huis en doen?!" Gert gluur na haar, maar Ané antwoord hom nie. "Ek gaan reël dat jy sommer dié naweek by een van die mynwerkers se huis gaan werk. Jy is net onder my voete," dreig hy.

Verder word daar nie 'n woord gepraat aan tafel nie. Gert kou oopmond en slurp aan sy groen aanmaakkoeldrank, maar Ané en David is dit al gewoond en probeer om nie op te kyk nie. Nadat hy klaar geëet het, stoot Gert sy bord oor die tafel en staan op. Dis tyd vir sy aksieprogram en hy maak homself gemaklik voor die televisie.

156

David, wat nog aan tafel sit en eet, sug en skud sy kop. Elke keer as Gert van die werk afkom is hy geïrriteerd en vind fout met die geringste dingetjies. Ané eet langtand aan aandete, sy is steeds versadig van die vetkoeke by Paul.

Met die geweerskote op die televisie wat deur die huis weerklink staan Ané op, sy weet Gert se aandag is nou gefokus by sy program. Sy begin die tafel afdek en water in die wasbak tap toe David klaar geëet het. Hulpeloos gaan sit David by Gert voor die televisie en blyk geïnteresseerd te wees in die moordtoneel wat oor die skerm flits.

Versigtig haal Ané 'n plastieksak uit die kas onder die wasbak en skep haar oorskietkos vinnig daarin, dan kyk sy om en maak seker dat Gert niks gesien het nie voor sy die sak onder die emmer wegsteek wat sy voor die wasbak intrek.

Een vir een word eers die glase, dan borde gewas en eenkant gesit om bietjie droër te word. Die kombuisvloer word gevee en gewas en die tafel word gedek vir môreoggend se ontbyt voor sy die geskeurde afdrooglap vat, die skottelgoed afdroog en wegpak.

Sy tel die emmer vinnig op en druk die plastieksak met die kos onder haar rokkie in en hou dit van buite aan die kant van haar lyf vas. Sy begin te huiwer, haar maag trek op 'n knop en sy moet sluk voor sy die pad aandurf, agter verby Gert, kamer toe. Tree vir tree begin sy saggies op die teëlvloer loop.

"Waar gaan jy?" Ané skrik toe Gert omdraai.

"B-badkamer toe, Pa," stotter sy en loop vinnig by die vertrek uit. Sy gooi die sakkie kos by haar kamerdeur in dat dit onder haar bed in skuur en loop dan vinnig verby badkamer toe. In die badkamer trek sy vinnig die deur toe en draai die wasbak se kraan oop dat dit stadig loop. Na 'n kort rukkie draai sy weer die kraan toe en trek die toilet sodat dit klink of sy regtig die toilet gebruik het.

Om die hoek van die kosyn loer sy by die televisiekamer in en sien Gert en David steeds daar sit. Versigtig kom sy die vertrek binne. Sy probeer om nie vir Gert agterdogtig te maak nie en gaan staan skuins agter hom, wagtend op sy volgende bevel.

"Gaan slaap!" skel Gert en wys met sy vinger dat sy moet kamer toe. Kop-onderstebo loop sy kamer toe. Die minderwaardige gevoel binne haar duidelik en haar trane lê vlak toe sy haar kamerdeur agter haar toetrek.

Gekruisde bene gaan sit sy op haar bed en haal haar Bybel uit. Sy laat hom, soos elke aand, tussen haar twee hande op haar skoot oopval, en soos elke aand val dit oop waar Anika se foto ingedruk is, maar vanaand is anders. Agter Anika se foto het sy die honderdrandnoot, wat sy vroeër vandag gekry het, weggesteek. In haar Bybel is die laaste plek wat Gert iets sal soek, want hy is so ongelowig en glo die boek is net 'n mors van papier.

Ané haal die noot tussen die blaaie uit en hou dit voor haar oop. Sy bekyk die noot van alle kante, inspekteur die tekstuur, kleur en grootte, deeglik. Versigtig bêre sy dit weer tussen die blaaie en vat Anika se foto.

"As Mamma my kon sien vandag sou Mamma trots wees. Ek het 'n vrou gehelp om haar voël te kry..." begin sy haar dag se verrigtinge te vertel aan die foto in haar hand. Kort-kort vryf sy oor die foto en verbeel haar dat sy haar ma se sagte vel onder haar vingers kan voel.

Met 'n soen bêre sy die foto terug tussen die blaaie van haar Bybel en sit die boek weg onder op die rakkie langs haar bed.

Uitgestrek lê sy met haar arms agter haar kop gevou en staar na die plafon. Die vuil bruin kolle op die plafon waar water al deur die sinkplaat gelek het, maak patrone en sy kan verskillende prentjies met haar geestesoog vorm, en as sy lank genoeg daarna kyk begin dit selfs beweeg.

Sy dink terug aan haar dag se verrigtinge en die kleurvolle voël. Dalk kan ek ook 'n voëltjie hier in my kas aanhou, dink sy by haarself. Ek sal vir haar brood en water gee en haar naam kan Barbie wees, fantaseer sy verder.

Meteens onthou sy van die kos wat sy onder haar bed ingegooi het met haar verbygang. Sy spring op en haal die plastieksak onder haar bed uit. Haar roomysbak waarin David haar kos gisteraand gebring het, is nog vuil en die kos op haar speellepel al hard en droog. Vinnig trek sy haar rokkie bo-oor haar kop uit en vee die bak vlugtig daarmee uit voor sy die sakkie oopskeur en die kos in die bak gooi. Versigtig bêre sy die roomysbak agter haar hempies in haar kas en haal haar te klein nagrokkie uit om dit aan te trek.

Terug op haar bed trek sy haar geblomde kussing styf teen haar vas, gooi die kombers oor haar en sluimer in.

'n Wolkkombers hang oor Klaasdorp toe Ané wakker word. Die huis is stil. Sy maak haar slaapkamerdeur saggies oop sodat die kraakgeluid van die skarniere nie vir Gert sal wakkermaak wat, op sy af-dag, bietjie laat slaap nie. Soos 'n trapsuutjies loop sy op haar tone badkamer toe en sluit die deur versigtig agter haar toe, dan draai sy die warmwaterkraan stadig oop en hou die geskeurde waslap voor die kraan sodat die water nie geraas maak nie.

Doodstil sit sy in die bad, vandag kan sy nie spartel en duik soos gister nie. Die stukkie seep is al stukkend en verdwyn in die waslap soos sy dit heen en weer vryf. Met die bietjie seepborrels probeer sy die nodige plekke deeglik was en maak net haar hare nat sodat dit in plek sal val. Sy waag dit nie om die nuwe seep in die badkamerkas oop te maak nie.

Met die handdoek om haar lyf loer sy by die deur uit. Die huis is steeds stil en Gert se kamerdeur nog toe. Vinnig trippel sy gang af tot in haar kamer en maak die deur agter haar toe.

"Inky pinky ponky," gaan sy deur die paar hemde en broekies in haar kas. Sy trek haar verbleikte grys broekie met prinses hempie aan en loop terug badkamer toe om die wasgoedmandjie te kry.

Meteens gaan Gert se kamerdeur oop en kap binne teen die hangkas agter die deur vas. Ané gaan staan stil asof sy vries en kyk met vreesgevulde oë na Gert wat reguit op haar afgeloop kom. Sy kan voel hoe haar asemhaling swaar raak en hoor haar hart in haar kop klop.

"Wat is dit? Vir wat staan jy net daar?!" sê Gert en klap haar plat hand teen haar wang waar eergister se merk nog pynlik lê. Sy val teen die gangmuur vas en gaan sit dadelik op die koue houtvloer toe Gert 'n tree nader gee.

"Gaan maak vir my ontbyt, jou useless ding!" bulder hy en loop badkamer toe.

Snikkend staan sy op en loop kombuis toe. Sy trek die blou emmer nader en haal vir Gert sy gunstelingpap uit die boonste rak van die leë koskas voor sy die ketel aansit en vir hom pap en koffie maak.

Die reuk van seep en parfuum volg Gert toe hy by die eettafel aansit, sy ontbyt reg.

"Begin huisskoonmaak! Ek kry mense!" beveel hy.

Met haar kop gebuig loop sy terug badkamer toe, vat die wasgoedmandjie en loop terug kombuis toe. Haar arms kry al die wasgoed gedra en sy staan op haar tone om dit in die masjien te gooi gevolg deur die seeppoeier.

Die huis was skaars skoon toe daar 'n klop aan die voordeur is.

"Kamer toe," sê Gert en wys met sy vinger vir Ané wat net inkom nadat sy die wasgoed buite opgehang het. Sy loop kamer toe, al gewoond daaraan om heeldag in haar kamer te sit as Gert by die huis is.

Met haar kamerdeur toe haal sy die roomysbak agter haar hemde uit en smul aan die rys en vleis van die vorige aand. Die kos is koud, maar tog steeds lekker. Versadig geëet bêre sy die roomysbak terug in haar kas en haal haar afbeen Barbie-pop uit haar speelgoedboks. Versigtig begin sy die pop se bros hare met 'n speelborsel netjies kam en

160

trek vir haar 'n mooi formele rok aan vir 'n denkbeeldige dans.

"Ané!" hoor sy Gert roep en haas sitkamer toe. "Maak vir ons koffie!" beveel hy.

Die mans wat saam met Gert om die tafel sit en kaarte speel lyk wreed – soos mans wat nou uit die tronk ontsnap het met hulle vuil gestaltes, getatoeëerde arms en hande, en vuil tande.

Ané sit die ketel aan en haal koppies uit voor sy almal se vereistes vra oor hoe hulle hul koffie drink.

"Ek het gevra vir twee lepels koffie," sê die man met 'n slang tatoeëermerk oor die regter-kant van sy gesig toe Ané die koppie koffie voor hom neersit. Seker die hoof van hulle groep, dink sy vir haarself.

"Ag, klap haar sommer," sê Gert emosieloos en al die mans bulder van die lag. Die man staan op en vryf oor Ané se lang swart hare.

"Jy is darem 'n mooi meisiekind, net jammerte jou gesig is vol blou kneusmerke."

"Sy's 'n nikswerd," sê Gert en stap nader.

Met een hand klap hy haar genadeloos deur haar gesig. Ané se lyf val weerloos onder die tafel in en die gebreekte teël sny haar bo-arm. Gert trek haar onder die tafel uit en dwing haar regop.

"Het jy nie verstand nie, huh? Die man het gesê hy soek twee lepels koffie." Gert se oë is koud en hy kners op sy tande met elke woord wat hy uiter. Sy vuis tref haar maag en die hou lig haar van haar voete af sodat haar liggaam weerloos op die teëls neerval.

"Dis nou genoeg. Kom ons gaan speel daar by ons spot. Ek het gehoor Katrien en haar niggie is in die dorp, julle weet hoe gewillig daardie twee is," beveel die kaalkopman by die ander punt van die tafel.

Ané bly net daar lê toe die mans uitloop en die voordeur agter hulle sluit. Sy kan nie op die beelde voor haar fokus nie en voel hoe die warm bloed oor haar arm loop. Met haar ander hand probeer sy die sny voel, maar sy het nie genoeg krag om haar hand lank genoeg in die lug te hou en haar sny te voel nie. Lam val haar hand op die teëlvloer neer en sy maak haar oë toe om te rus.

Nie lank daarna nie, kom David by die huis om sy werkstuk wat hy na pouse benodig, te kry wat hy in sy kamer vergeet het.

"Pa!" roep hy toe die huis buiten-gewoon stil is. David loop verby die sitkamer se ingang op pad kamer toe. "Pa! Ané!" roep hy weer met sy werkstuk in sy hand op pad uit. Hy loer by die sitkamer in en sien Ané stil op die koue teëlvloer lê, bloedspatsels lê op die vloer gestrooi en bloed loop by die sny op haar arm uit.

"Ané! Ané!" gil hy beangs, tel haar op en druk haar teen hom vas. "Word wakker, Sussie!" sê hy en klap haar liggies in die gesig om haar wakker te kry. Sy maak haar oë oop, een na die ander, en David gee 'n sug van verligting toe sy regop kom. "Wat het gebeur?" wil hy meteens weet.

"Pappa." Sy bars in trane uit en huil so erg dat sy vir oomblikke ophou asemhaal. Troostend druk hy haar teen hom vas en vleg sy vingers deur haar hare. "Pappa se vriende was weer hier en ek ... ek het die een oom se koffie nie reg gemaak nie, Boeta," sê sy snikkend.

Hy tel haar op en dra haar badkamer toe. Versigtig maak hy die wond skoon en draai 'n stuk van 'n ou hemp om haar arm om die bloeding te keer. Hy weet hy sal haar nie hospitaal toe kan vat nie, want Gert sal hulle albei iets aandoen.

Sy maak haar gemaklik toe David haar op haar bed neerlê en 'n sak ertjies uit die vrieskas kry om dit op die knop op haar kop te hou. Haar oë wil-wil met tye toeval, maar hy dwing haar om wakker te bly soos sy ma altyd gedoen het as hy 'n kophou gekry het.

"Boetie moet teruggaan skool toe," sê hy toe hy na sy horlosie kyk. "Ek gaan vir Elsie stuur om na jou om te sien. Sy werk Dinsdae by die ou tannie langsaan en ek kry haar gereeld buite rook." David haal sy selfoon uit sy skoolbaadjie se versteekte sak en gee dit vir haar.

"Sussie, as iets weer gebeur of jy voel nie lekker nie, bel vir Nico. Hy sal die foon dadelik vir my gee." Hy verduidelik vir haar hoe om te bel, vryf dan weer oor haar kop en soen haar op die wang voor hy uitloop, terug skool toe.

Dis laatmiddag toe David weer by die huis kom. Die huis is stil en hy loop reguit na Ané se kamer toe.

"Sussie, word wakker." Hy vryf saggies oor die pers knop op haar kop wat pynlik klop. Met 'n kreun maak sy haar oë oop. "Hoe voel jy?" vra hy besorg.

"Ek is oukei, Boetie, net naar en moeg." Sy dwing haar liggaam tot in 'n sittende posisie. "Waar is Elsie? Is pa hier?" vra sy met vrees in haar stem.

"Ek dink nie so nie. Die huis is stil en die voordeur was gesluit," antwoord hy. "Ek het vir Elsie hier buite gekry, sy het gesê jy is oukei en dat jy slaap. Ek moet kos maak voor Pa by die huis kom, maar ek het vir jou iets gebring." Hy maak sy skooltas oop en haal 'n houer met pynmedisyne en 'n houer sop uit en sit dit op die tafel langs haar bed neer. "Steek dit weg voor Pa dit sien," beveel hy.

Ané voel steeds lam en het nie baie krag nie, maar druk die houer met sop onder haar bed in. "Ek bring vir jou 'n glas water dan drink jy gou bietjie medisyne," sê hy en verdwyn by die kamer uit.

Hy het net die water langs haar bed neergesit toe die voordeur toeklap. Gert slinger by die deur in en kap die blommeportret wat teen die gangmuur hang af op pad kamer toe.

"Wat kyk jy!?" Gert se tong sleep en sy rooi oë skrefies getrek. David skud net sy kop en gluur sy pa agterna. Seker weer gaan dobbel, dink hy.

"Waar is daai useless suster van jou? Lewe sy nog?" vra hy emosieloos. "Wel, jy huil nie, so ek neem aan sy lewe nog. Wat 'n jammerte!" babbel Gert verder toe hy sy kamerdeur agter hom toeklap.

Hoofstuk 4

Taxi's se toeters is duidelik hoorbaar op die Woensdagoggend toe David Ané vroeg wakkermaak voor skool.

"Sjt, Pa is nog nie weg nie," fluister hy toe haar oë oopgaan. "Hoe voel jy vanoggend?" David sit 'n glas kraanwater langs haar bed op die bedkassie neer.

"Ek is oukei, Boeta. My kop is nog seer en ek het moeilik geslaap met die sny. Elke keer as ek draai, dan brand dit weer." Haar stem is hartseer en trane lê vlak in haar oë.

"Drink gou jou medisyne dan sal jy vinnig beter voel," sê hy besorg. "Jy moet rustig wees vandag. Geen op en af nie en jy bly by die huis." Hy vat saggies aan haar arm net onder die sny wat pynlik klop. "Ek moet nou skool toe gaan, maar ek los weer my foon by jou sodat jy my kan bel." Versigtig trek hy die deur agter hom toe op pad uit.

Daar is geen opgewondenheid binne Ané toe sy die voordeur hoor toeklap nie. Met die nuwe sigbare kneusmerke sal sy nie die buurt kan inspekteer nie, maar sy het ook nie lus of krag om uit te gaan nie.

Sleepvoet loop sy badkamer toe, draai die warmkraan oop en gaan sit op die toilet terwyl sy geduldig wag. Die nuwe koekie seep lê op die bad se rand, maar nie eens dit bring 'n bietjie opgewondenheid nie.

Met die bad kwart getap met warm-water, draai sy die kraan toe en die kouewater oop terwyl sy haar nagrokkie uitrek en in die wasmandjie gooi voordat sy in die bad klim. Doodstil sit sy daar en herleef die gebeure van gister.

165

"Hoekom is my pa nie lief vir my nie, Jesus?" vra sy stilletjies in 'n gebed voor sy onder die water insak, haar asem ophou en haar kop van kant tot kant beweeg om al haar hare nat te kry. Met die opkomslag voel sy lighoofdig en klein sterretjies dans voor haar oë. Sy rus met haar kop teen die koue muur wat ietwat verligting bring, voor sy die nuwe seep vat en haar hare deeglik was.

Met haar hare en lyf skoon en haar, nou geskeurde, gunsteling rokkie aan, begin sy met haar daaglikse take.

Nadat sy die wasmasjien aan die gang het, moet sy eers 'n bietjie sit om krag te kry voor sy die kombuis skoonmaak. Dan lê sy weer vir 'n rukkie op Gert se bed voor sy dit regtrek en aanbeweeg na die badkamer toe.

Die naar en duiselig gevoel is weer duidelik toe sy klaar haar kamer opgeruim het, en sy besluit om 'n rukkie voor die televisie te ontspan.

Op die lang bank in die son maak sy haar gemaklik en skakel die televisie oor na die oggend se kinderprogramme.

"My God is so groot, so sterk en so magtig. Daar is niks wat my God nie kan doen..." sing sy saam die storieboek-karakters op die televisie en herhaal elke woord as hulle kleure en vorms leer.

Teen laat oggend begin haar maag grom. Op die tweeplaat-gasstofie in 'n gekrapte staalpot maak sy die sop warm wat David gister vir haar gebring het. Smullekker ooreet sy haar aan die heerlike skorsiesop.

Vinnig ruim sy weer die kombuis op, was die bord en pot en maak seker dat daar geen bewyse oorbly van haar geëet of die skorsiesop nie.

Die middagson bak lekker warm toe sy die agterdeur oopsluit en oopmaak. Die voëls is vrolik en die miere aan die beweeg. Vinnig hang sy die paar stukkies wasgoed op die wasgoedlyn en maak haar gemaklik onder die groot wilgerboom in die hoekie van die verwaarloosde erf.

Met haar rokkie en voete in die sand, teken sy prente met 'n stokkie. Dis 'n lang lyn en twee korter lyntjies, 'n sirkel en 'n vierkant.

"Sien maatjies, hierdie is 'n robot mannetjie," praat sy met haar kamstige maats. Dan vee sy weer alles uit en trek die stokkie in alle rigtings oor die groot sandportret. "Hallo, Ore," groet sy die bure se hond wat nuuskierig deur die draad kom loer om te kyk waarmee sy besig is. "Nou gaan ons 'n hond teken," verduidelik sy verder aan haar kamstige maats.

Tieng...Tieng...Tieng...Tieng... Slaan die kerkklok vieruur na 'n ruk se gespeel.

Dadelik spring Ané op. "Ek moet gaan kos maak!" verduidelik sy aan haar kamstige maats en hardloop in die huis in.

Toe sy in die koue, donder huis kom, verswak haar visie en begin sy weer duiselig voel. Die sterretjies dans weer voor haar oë en sy val op die lang bank neer en sluit haar oë om die naar gevoel te onderdruk. "Jy kan net vyf minute lê, jy moet kos maak voor Pa by die huis kom," baklei sy met haarself.

Meteens klap die voordeur toe en voetstappe beweeg in die gang af sitkamer toe. Ané spring op en met een beweging is sy in die kombuis voor die koskas op soek na die rys.

"Sussie, hoe voel jy?" kom David se stem van agter haar. Met 'n sug van verligting draai sy om, maar David se gestalte verander dadelik. "Is jy oukei?" vra hy met groot bekommerde oë.

Ané voel hoe haar bene onder haar wil ingee en die lighoofdige gevoel alles oorheers.

"Ek ... uhm ... ek..." Sy kry nie 'n woord uit toe die skorsiesop by haar keel opkruip nie.

"Badkamer!" skree David en wys met sy vinger vir haar. Met haar hand op haar mond jaag sy vir die toilet en is net betyds toe die skorsiesop in die toilet beland.

Lam gaan lê sy op die koue badkamervloer.

167

"Is jy oukei?" wil hy weet. "Hoekom is jy so vol sand?"

"Ek het bietjie buite onder die boom gaan speel. Toe ek inkom het ek weer sleg begin voel, Boeta." Ané druk haar regop tot in 'n sittende posisie.

"Die son is nie goed vir jou nie!" David se stem is bekommerd. "Ek het gesê jy kan nie op en af vandag nie." Hy trek die toilet en help haar tot by die televisiekamer. "Sit jy, ek sal kos maak."

Ané kyk haar broer agterna. So graag as wat sy hom wil help weet sy dat sy nie genoeg krag op die oomblik het nie.

Staal klap en skuur teenmekaar toe David vinnig 'n pot en pan uithaal. Sonder om te meet gooi hy die rys en water in die pot en haal 'n pakkie maalvleis uit die vrieskas. Sorgloos sny hy die uie op en gooi dit in die bietjie olie in die skewe pan. Met die uie aan die braai word die ontvriesde maalvleis versigtig daarin gesit.

"Onthou die sout, Boet." Ané staan op en loop vat-vat kombuis toe. Met twee vingers gooi sy sout oor die maalvleis wat kook in die pan, asook 'n bietjie in die rys en roer dit sodat dit nie vasbrand nie.

David kyk met 'n skuldgevoel in sy oë na haar. Hoe het ons tot hier gekom? dink hy by homself. Die skuldgevoel vreet aan hom en trane lê vlak toe hy vir hom 'n glas kraanwater ingooi. Met een teug sluk hy dit af en vul weer vinnig die glas op voor hy die tafel begin dek. Wit blompatroonborde en blikbekers op die twee punte van die tafel, met 'n mes en vurk oorkruis op elke bord neergesit. Op Ané se plek word 'n verbleikte plastiekbord neergesit en 'n plastiekbeker en vurk.

"Ek het vanmiddag vir my die sop warmgemaak," sê Ané na 'n rukkie se stilte. Hy kyk na haar en glimlag toe hy die glinster in haar oë sien.

"Dis lekker, nè?"

"Dit was baie lekker, Boeta. Baie dankie."

Sy stap nader en gee hom 'n drukkie. Met 'n skuldige laggie sê sy verder: "Ek het vinnig alles weer skoongemaak en weggepak sodat Pa niks kan agterkom nie."

Met die klap die voordeur toe. Gert kom skel-skel in die gang af en skop sy werkstewels uit dat dit doer trek.

David gaan sit vinnig voor die televisie terwyl Ané die kos roer.

"Ja, kyk nou weer vir mejuffrou useless, die kos is nog nie eens klaar nie," mompel Gert toe hy by die sitkamer instap. Agter hom volg 'n verwaarloosde blondekop-dame geklee in 'n stywe swart rompie en kant toppie wat net die nodigste toemaak.

"Dié is Katrien, sy sal by ons aansluit vir ete," stel Gert haar aan David voor. Hy stap reguit na Ané toe en sy trek haar liggaam styf vir die houe wat gaan kom.

"Pa!" roep David en staan van die bank af op. "Het Pa gehoor van die nuwe kroeg wat hulle gaan oopmaak?" sê hy om Gert se aandag van Ané af te trek.

Gert draai na hom. "Regtig? En waar hoor jy dit nogal?" Sarkasme is duidelik in sy stemtoon.

"Die storie loop in die skool rond. Daar gaan blykbaar 'n snoekertafel, paal-danseresse en dobbelmasjiene wees," jok David verder. Hy kan hoor hoe sy hart in sy kop klop, maar al wat hy hoop is dat Gert die storie glo.

"Regtig?" Katrien se oë is vol verwagting en opgewondenheid.

"Kruppel Johan gaan blykbaar die kroeg begin," voeg David by.

"Met geld wat hy waar kry? Hy is so arm en skuld vir Braam by die skrootwerf al geld sedert verlede jaar." Gert val op sy enkelbank neer en wys vir Katrien om op sy skoot te sit. "Jy moet ophou met jou stront pratery. Meeste van die tyd wonder ek of jy die goed glo wat jy so loop en vertel. Jy en jou snotkop tjommies moet minder boom rook en begin dink aan werk soek."

Ané kyk hulle agterna vanuit die kombuis. Sy weet dis net 'n opmaakstorie wat David vertel.

169

David skud sy kop en loop kombuis toe om nog 'n plek vir Katrien aan tafel te dek terwyl Gert soet woorde in Katrien se oor fluister.

"Die kos is reg, Pa," sê Ané toe sy die borde op die tafel neersit.

"Wat eet ons!?"

"Hier is net rys en maalvleis, Pa," antwoord sy skrikkerig.

"Rys en maalvleis! Rys en maalvleis! Alewig rys en maalvleis!" bulder hy.

Beskaaf trek hy die stoel vir Katrien uit en stoot dit weer vir haar in. Sy stoel skuur op die teëlvloer agteruit toe hy dit vinnig uittrek, maar hy gaan sit nie. "Die wasgoed is nog nie eens afgehaal nie!" bulder hy en mik met sy vuis na Ané se gesig, maar voor hy sy woede op haar kan loslaat spring David voor hom in.

"Pa, los haar, sy voel nie lekker nie. Pa kan mos sien in haar oë sy is nie lekker nie." Geskok staan David doodstil. Dis die eerste keer dat hy teen sy pa opstaan en hy weet nie wat om volgende te verwag nie.

"Wie dink jy is jy om vir my te wil kom vertel?" Gert maak sy vuis weer styf en kners op sy vrot tande.

"Ané is nie lekker nie, Pa. Sy gooi op," probeer hy weer met 'n kalmer stemtoon.

"O, en nou gee jy kamstig om vir jou sussie." Met 'n boos lag ontspan hy sy vuis en gaan sit. "Jy sal nie kos kry nie! Sorg dat die klere nou van die wasdraad afgehaal word en opgevou word!" Met sy wysvinger beduie hy na Ané.

Koponderstebo vat Ané die wasgoed-mandjie en loop by die agterdeur uit om die wasgoed van die draad af te haal terwyl David van binne deur die venster na haar staar.

Versadig geëet staan Gert op.

"Ek en Katrien sal in my kamer wees. Niemand kom pla ons nie!" Hy vat vir Katrien aan die hand en lei haar na sy kamer en klap die deur agter hul toe.

"Kom, Sussie, kom eet gou," sê David toe Ané van buiteaf inkom. "Sit jy en eet gou. Ek sal begin om die klere op te vou." Hy skep vir haar 'n bordjie vol kos uit en gooi haar pienk plastiekbeker vol aanmaakkoeldrank.

"Dankie, Boeta."

Na ete begin Ané die kombuis skoonmaak, skottelgoed was en die tafel dek vir môreoggend se ontbyt voor sy vir David help om die laaste paar klere op te vou en weg te bêre.

Hulle twee gesels en lag terwyl die wasgoed opgevou word.

"Kyk, Boeta, dis 'n perfekte vierkant," spog Ané toe sy die broek netjies opvou.

Hoofstuk 5

Dis 'n week sedert Ané by Paul was en op dié heerlike Maandagoggend is die avontuur-lustigheid oproer binne haar. Gert is reeds myn toe en David skryf eksamen.

Sy vul die bad met lou water en verbeel haar sy swem in 'n groot swembad soos die een waarvan haar ma haar altyd vertel het. Met haar lyf ontspan, dryf sy en voel hoe haar hare haar kielie soos dit saggies oor haar arms streel. Met 'n stuk van die gebreekte koekie seep was sy haarself en haar hare deeglik voor sy uit die bad spring, haar afdroog en singend kamer toe huppel. Haar netjiese sagpienk rokkie span knap om haar middel en haar wit sandale is al deurgedra, maar die warm teer gaan haar voete brand as sy nie skoene aanhet nie.

Die huis word in 'n japtrap skoon-gemaak; eers die badkamer, dan die kombuis, en met die wasgoed in die wasmasjien, word die beddens reggetrek en kamers opgeruim. Nadat sy die wasgoed buite op die draad gehang het, is sy reg om die strate in te vaar.

Verlede week se kneusmerke is onsigbaar onder die lae verf, waarmee sy kamstig blomme op haar geverf het, en haar swart hare is in 'n bolla op haar kop vasgemaak.

Vrolik groet sy almal soos sy by die straat af huppel en kom singend by die kafee aan.

"Môre, Oom."

"Goeiemôre, Kleintjie en hoe gaan dit vanmôre?" vra Paul terwyl hy 'n appel skil. "Geniet jy jou vakansie sovêr?"

Ané maak haar gemaklik op die bankie langs hom. "Ja, Oom," jok sy, onwetend dat die klein skooltjie al gesluit het vir die Desember-vakansie.

"Wil jy 'n appel hê?" Hy kan sien hoe sy na die appel in sy hand staar en weet dat sy altyd honger is as sy by die

172

kafee aankom. Skaam knik sy haar kop. "Gaan haal vir jou een uit die vrugtemandjie daar binne. Jy kan iets anders ook vat as jy nie lus is vir 'n appel nie."

Sy staan van die tafel af op en loop in kafee toe.

"Bring sommer vir ons 'n koeldrank ook!" skree hy van buite.

Sy maak haar weer gemaklik op die bankie langs hom en gee sy koeldrank vir hom aan, voordat sy 'n groot hap van haar appel vat.

"En wat het jy met jou geldjie gekoop wat jy verlede week gekry het?"

"Uhm ... nog niks. Ek gaan vir my en my broer koek koop vir my sewende verjaarsdag. My boetie sê dis nie volgende week nie, maar die week daarna," antwoord sy met 'n tevrede gesigs-uitdrukking.

"'n Pienk sjokoladekoek met blommetjieversierings," sê sy verder met 'n breë glimlag.

Hulle twee sit heerlik en bak in die warm Desemberson terwyl hulle praat oor onbenullighede toe daar 'n groep hoër-skool-seuns om die hoek van die kafee kom.

"Yes, oom Paul," sê die groot seun en druk sy hand uit na Paul om hom te groet.

"Hendrik," sê Paul en skud sy hand voor hy opstaan en in loop kafee toe om hulle te help.

Dis nie die eerste keer dat Ané die groep seuns by die kafee gewaar nie. Sy het hulle al vantevore gesien toe hulle kom sigarette koop het. Klomp stouterds, dink sy by haarself.

Met sy hand wink Paul vir Ané na binne.

"Hier is weer vars vetkoek, wil jy hê?" vra Paul en die seuns lyk verbaas.

"Asseblief, Oom," antwoord sy en vat die vetkoek wat Paul na haar uithou. "Ek moet nou gaan, Oom," sê sy en drukgroet vir Paul voor sy met 'n drafstappie by die deur uitgaan en straataf verdwyn. Met klein happies eet sy aan die vetkoek terwyl sy die blomme besigtig op pad terug huis toe.

'n Ent verder om die hoek is die skaterlag van opgewonde kinders duidelik hoorbaar, dit trek haar nuuskierig nader. Ballonne, kleurvolle tafels en 'n groot springkasteel versier die groot groen grasperk van die dubbelverdiepinghuis langs die kerk waar kinders vrolik baljaar.

Op haar tone staan sy en loer oor die baksteenmuurtjie by die huis. Met elke kind wat teen die springkasteel se muur vasval, skatter sy van die lag.

"Hallo," kom 'n stem van agter. Sy wip soos sy skrik en draai vinnig om om te kyk wie dit is. Voor haar staan die rooikopvrou van die parkie.

Ané laat sak haar kop in skaamte, sy weet dat dit verkeerd is om mense af te loer.

"Hallo," groet die vrou weer vriendelik. "Ek hou van jou blommetjies. Het jy dit self geverf?"

Skaam knik Ané haar kop.

"Wil jy saam kom speel?" vra die vrou.

Ané se oë blink en sy knik haar kop. "Asseblief, Tannie," sê sy sag, tog hoorbaar opgewonde.

"Kom saam." Die vrou vat Ané se hand en lei haar tot waar die kinders speel.

'n Dogtertjie met rooi krulhare kom na haar toe aangehardloop.

"Hallo. My naam is Mia, wat is jou naam?"

"Ané," antwoord sy skaam met haar kop skugter gesak.

"Dis my partytjie. Ek verjaar vandag. Ek is vandag sewe jaar oud. Wil jy saam kom speel?"

Ané knik weer net haar kop en Mia gryp haar aan die arm en trek haar na die springkasteel toe. "Kom spring saam."

Met haar kop steeds gesak loer Ané onderdeur na die ouer mense wat almal met hulle eie ding besig is. Sy weet sy mag nie eintlik hier wees nie. Die rooikopvrou glimlag gerusstellend vir haar en gesels dan verder met 'n vrou wat langs haar sit.

"Kom," laat Mia weer van haar hoor.

Ané trek haar sandale uit, sit dit netjies bymekaar voor die springkasteel neer en klim versigtig op. Onseker begin sy liggies te spring met haar een hand wat haar rokkie vashou sodat dit nie opwaai nie, met die ander hand probeer sy haar balans hou. Die springkasteel is vol maats wat sonder kommer mekaar spelend stamp, teen die springkasteel se muur val en weer terug hop. Kort voor lank is Ané se bolla los gespring en sy gooi haar hande laggend in die lig as hulle haar stamp.

"Kom ons sing gou, dan kan ons lekker eet," roep die rooikopvrou.

Luidkeels sing Ané saam "Veels geluk liewe maatjie omdat jy verjaar..." en gaan sit langs Mia op die grasperk toe daar vir elkeen 'n bruinpapiersakkie vol lekkergoed en 'n boksie sap uitgedeel word. Sy smul aan die eetgoed en verwonder haar aan die presente wat sonder huiwer oopgeskeur word.

Een, twee, drie, vier, vyf, tel sy elke lui van die kerkklok. Sonder om te groet spring sy op, gryp haar skoene en lekkergoedpakkie en hardloop in volle vaart terug huis toe, maar toe sy om die draai kom sien sy die myn se bus wat voor hulle huis stilhou. Vinnig skuil sy agter 'n boom naby die huis en loer na Gert waar hy van die bus afklim. Haar oog vang vir David wat op die stoep staan en met groot woedende oë na haar kyk. Hy sug en skud sy kop toe hy besef dat hier moeilikheid op pad is as hy nie nou 'n plan maak nie.

"Naand, Pa," groet hy en probeer so kalm as moontlik voorkom.

"Ja, wat soek jy? Hoekom wag jy hier buite?" antwoord Gert nors omdat hy weet David nooit buite sal wag op hom nie.

"Uhm...ek...uhm," probeer hy aan 'n manier dink om sy pa voor die huis weg te lok. "Ek wil gou vir Pa iets wys. Ek weet nou hoekom die drein so aanhou blok," sê hy en lei vir Gert na die kant van die huis.

Ané hardloop vinnig by die erf in en klim deur Gert se kamervenster in die huis in. Haar voet haak aan die diefwering vas en sy val kop eerste op die harde vloer neer, maar daar is nie tyd om aan die pyn te dink nie. Sy hardloop badkamer toe en was al die verf van haar af voor sy kamer toe draf, die bruinpapiersakkie met haar lekkergoed onder haar kopkussing wegsteek, en dan kombuis toe hardloop en skynbaar met die kos besig is wat David reeds op die stoof gesit het.

"Moet nou nie met my kom staan en twak praat nie!" skel Gert vir David. "Dit kan definitief nie die bietjie sand wees wat die drein blok nie! Onnosel!"

Gert loop stampvoet die huis binne. "Het jy al begin met die kos!" vra hy vir Ané toe hy verby die kombuis loop. "Eet julle self die slegte kos. Ek gaan uit," sê hy nog voor Ané kan antwoord. David kom die kombuis binne en kyk fronsend na haar.

"Waar was jy?" vra hy terwyl hy op sy tande kners, maar Gert kom die vertrek binne nog voor sy hom kan vertel.

"Ek gaan nou. Moet my nie vroeg terug verwag nie." Gert gryp die huissleutel op die tafel in die gang, klap die voordeur toe en sluit dit.

"Ek het jou gevra waar jy was," sê David woedend.

"Boetie, ek ... ek was by die kafee, maar ... maar op pad huis toe hoor ek kinders by die groot huis langs die kerk. Ek wou net gaan kyk het wat hulle doen toe nooi die tannie van die voël, wat ek by die parkie gesien het, my om saam partytjie te hou." Sy sug. "Ek het nie besef dis so laat nie." Sy sak haar kop in verleentheid.

"Jy wil net nie hoor nie. Ek het vir jou verlede week gesê jy moet my sê as jy so iets beplan! Het jy gedink wat Pa sou doen as hy jou gevang het!" David is rooi van woede.

176

Snikkend begin sy huil en hardloop kamer toe. Sy val op haar bed neer en trek haar kussing styf teen haar vas, maar kort voor lank kom David haar kamer binne.

"Jammer, Sussie. Ek was net so bekommerd en bang dat Pa jou in die hande gaan kry." Hy trek haar teen hom vas en vryf troostend oor haar wang. "Kom, Pa is nie hier nie. Jy kan kies wat ons op die televisie kan kyk en ons kan voor die televisie eet."

Sy vee die trane met die agterkant van haar hand af en spring opgewonde van die bed af op.

"Teletubbies, asseblief, Boeta!"

"Dis reg. Kom ons gaan maak klaar met die kos. Ek is rasend honger. Daar is lekker ryspap op die stoof. Ek weet jy hou daarvan," sê hy terwyl hulle hand aan hand kombuis toe loop.

Hoofstuk 6

Dis maandeinde en Klaasdorp wemel van mense. David is al vroegoggend uit die huis, skool toe, en Gert is ook vroeg al bedrywig op sy af-dag.

Ané hou haar asem op sodat sy kan hoor waar Gert beweeg in die huis. Sy vroegoggend se gefluit is alles behalwe 'n aanduiding dat hy in 'n goeie bui is; sy weet dat vandag 'n lang dag vir haar gaan wees en dat dit beter is as sy net hier in haar kamer bly totdat hy die huis verlaat.

Die deurkosyn bewe toe Gert die voordeur met mening toeklap en sluit. Fluit-Fluit verdwyn hy by die tuinhekkie uit.

Ané spring op, en soos elke ander oggend huppel sy singend badkamer toe. Daar is 'n nuwe seep op die bad se rand en sy was haarself en haar hare deeglik daarmee, dan hou sy haar asem op en duik onder die water.

"Inky pinky ponky," gaan sy later deur haar klerekas, maar besluit op 'n ander uitrusting as wat die rympie kies. Dis reeds laatoggend toe sy eers klaar huis skoongemaak het, maar vandag kan sy nie uit die huis uit nie, want sy is onseker oor wanneer Gert terug sal kom.

Sy wikkel haar klein lyfie gemaklik op die stoel voor die televisie en skakel die program oor na 'n kinderprogram.

"Twinkle, twinkle little star..." probeer sy die Engelse liedjies saam die maats op die televisie sing terwyl sy laggend saam dans en haar hande in die lig gooi.

Dis reeds skemer toe Gert terug by die huis kom, David is nog by ekstra klasse vir sy laaste eksamen van oormôre.

Ané luister hoe hy sukkel om die sleutel in die slot se gaatjie te kry. Haar hartklop jaag en in vrees krul sy haar op op haar bed. Sy hoor hoe die portret in die gang op die grond val en hoe hy vloek en skel.

"Waar is julle useless kinders?!" skree hy. Meteens skop hy haar kamerdeur oop dat die deur middeldeur oopklief. Sy snak na haar asem en kyk met groot oë na hom wat by haar kamer in struikel. Haar asemhaling raak al hoe vinniger toe hy al hoe nader aan haar kom.

"Jou useless stuk ding! Plaas het jy saam met jou ma gevrek, nou sit jy hier en mors my geld!" Sy asem stink na sterk alkohol en sigarette. Sy knopieshemp is net eenkant ingesteek en sy broek hang los om sy middel. "Waar is die kos?"

"Pa, hier is niks in die huis nie, en dis nie my beurt om kos te maak nie," sê sy met 'n bewende stem en probeer verduidelik, maar hy klap haar met sy plat hand dat haar kop die harde muur agter haar tref.

"Useless, ek sê jou, useless!" Hy tel haar by haar hare op en sleep haar van die bed af. Haar voete en bene klap teen die houtvloer soos sy sukkel om haar balans te kry. Hy gooi haar teen die rand van haar staalbed vas en sy trek haar liggaam ineen toe die pyn deur haar liggaam skiet.

"Waar is die kos!?" wil hy weer weet, maar sy antwoord hom nie. Hy dwing haar op haar voete en sy vuis tref haar gesig genadeloos dat sy teen haar kas vasval, maar hy trek haar vinnig weer op en plaas nog 'n hou op dieselfde plek. Sy sukkel om te fokus toe sy die grond tref. Moeg staan hy na haar en kyk terwyl hy hyg na asem.

"Jy's nie my kind nie. Jy's niks," bulder hy en skop haar net waar hy plek kry. Bewusteloos lê Ané op haar kamervloer, haar liggaam stil, dit beweeg net met elke hou wat Gert se voet haar tref.

Meteens kom David by die huis ingehardloop.

"Pa!" skree hy luidkeels, maar hy is te laat. Hy sien hoe val Ané se weerlose lyf op die grond toe Gert haar optel en weer teen die kas vasgooi. Die vuil mure wat lank gelede wit was, is met rooi bloedspatsels versier soos 'n kunstenaar wat hulle verfkwas in die kamer rondgeswaai het.

David stoot vir Gert uit die pad en tel vir Ané op. Sy is ene bloed. Hy druk sy oor teen haar neus om te hoor of sy nog asemhaal. Haar asemhaling is swak. Met woede in sy oë kyk hy na Gert wat dronk teen die muur leun. Daar is nie nou tyd om eers met sy pa te baklei nie.

Hy hardloop, so vinnig as wat sy bene hom kan dra, met haar pap lyf na buite en wuif vir die taxi wat 'n man op die hoek aflaai.

"Hospitaal, asseblief." Sy stem jaag en hy is uitasem. Kort-kort voel hy of sy nog asemhaal en sus haar as hy haar asem teen sy vinger voel wat hy teen haar neus druk.

Die taxi hou stil in die nood parkeer-area voor die staatshospitaal.

"Ek het nie geld nie, maar hier is my foon, dis al wat ek het," sê hy met trane wat onkeerbaar by sy oë uitspoel.

Die man draai om en kyk na hom en toe na Ané. "Seun, red net jou suster," sê hy en wys die foon weg wat David na hom uithou.

"Help!" skree David toe hy by die hospitaal inhardloop.

Twee verpleegsters kom na hom aangehardloop, gryp vir Ané en haas met haar noodgevalle toe.

"Wat het gebeur?" wil die verpleegster weet terwyl hulle na die ondersoekkamer haas.

"Sy het geval." David se stem bewe en hy twyfel oor wat hy moes sê.

In die ondersoekkamer staan die dokter gereed in sy blou hospitaaljas en sy stetoskoop om sy nek, maar nog voor David die kamer kan betree, word hy uitgewys en die deure toegemaak.

Hy gaan sit op 'n bankie met sy kop op sy knieë om te wag. Trane stroom onkeerbaar uit sy oë en gebede word onophoudelik uitgespreek.

Na, wat voel soos ure, gaan die deure oop en Ané word uitgestoot op 'n klein hospitaalbed. Verbande bedek haar liggaam, 'n drip in haar hand en pypies in haar neus.

"Gaan sy oukei wees?" vra David vir die dokter wat reguit na hom toe kom.

"Kom asseblief saam met my, Seun," vra hy en lei vir David na sy spreekkamer. "Sit asseblief," beveel hy en beduie met sy hand na die stoel oorkant sy lessenaar.

Kortasem van vrees gaan sit David.

"Jou suster het erge houe teen haar kop en ribbekas gekry. Sy het 'n gebreekte rib en vele kneusmerke, alhoewel ek sien daar is alreeds ou kneusmerke op dele van haar lyf en 'n snymerk op haar arm wat sweer. Dit wys vir my dat hierdie nie die eerste keer is nie."

Die dokter kruis sy arms en leun vorentoe na David. "Gaan jy my sê wat werklik gebeur het, of moet ons die polisie laat kom?" Die dokter se oë is groot en hy het 'n ernstige uitdrukking op sy gesig.

David laat sak sy kop en bars in trane uit. Hy het geweet die dag sal eendag kom, maar hy kon homself nooit hiervoor voorberei nie.

"My pa," antwoord hy snikkend. "My pa het dit gedoen." David val met sy kop op die lessenaar neer. Dis asof alles binne hom breek en sy hart uit sy borskas geskeur word.

"Het jou pa haar so geslaan?"

"Ja ... en geskop en gegooi," sê hy met sy kop steeds op die tafel. "Ek was hierdie keer te laat. Ek het ekstra klasse gehad, en toe ek by die huis inkom hoor ek hoe my pa aangaan. Toe ek in die kamer kom het ek net gesien hoe hy haar teen die hangkas vasgooi. Hy is dronk, soos elke keer wanneer hy geld kry as hy gaan dobbel," begin hy vertel.

"Ongelukkig sal ek die polisie hiervan móét inlig. Jou suster is veilig hier. Sy sal vir 'n paar dae hier moet bly sodat ons haar kan observeer. Sal jy kan teruggaan huis toe? Of het jy 'n veilige plek om heen te gaan?" vra die dokter besorg.

David lig sy kop van die tafel af op en knik net sy kop.

"Gaan jy terug huis toe?" vra die dokter weer en David knik net weer sy kop. "Sal jy veilig wees?" Die dokter se stem klink bekommerd.

"My pa is tien teen een al uitgepass. Hy sal nie iets aan my doen nie ... solank my sussie net veilig is," sê hy.

Die pad terug huis toe is lank. Straatligte brand flou en hy is nie seker wat op hom wag as hy by die huis kom nie. Die voordeur staan oop, net soos hy hom gelos het toe hy en Ané daar uit is. Versigtig en op sy hoede sluip hy die huis binne. By elke vertrek loer hy in soos hy in die gang af beweeg na Gert se kamer. Sy kamerdeur staan oop en David loer om die deurkosyn in. Op die dubbelbed lê Gert en snork. Hy loop terug voordeur toe, maak dit toe en sluit dit voor hy kamer toe gaan en inkruip.

Loeiende sirene maak hom wakker teen middernag. Dis donker buite en vir 'n oomblik is David onseker oor waar hy homself bevind. Die klop aan die deur is hard, maar vir hierdie oomblik het hy lank gewag.

Hy staan uit die bed uit op en durf die gang aan verby Gert se kamer. Met die verbygang loer hy weer in, maar Gert lê steeds doodstil.

"Goeienaand. Ons is op soek na meneer Gert du Preez." Die konstabel is geklee in sy blou polisie-uniform en hy het 'n ernstige gesigsuitdrukking. Agter hom staan nog twee konstabels en wag op sy bevel. Met dié kom Gert in die gang af geslinger. Die laaste portret wat skeef op die muur hang word ook afgekap en die glas spat in skerwe toe dit op die vloer val.

"Naand, konstabel Van der Merwe." Sy tong sleep en sy oë is op skrefies getrek. Die reuk van sterk alkohol oordonderend. "Hoe kan ek julle vanaand help?" Gert leun teen die voordeur se kosyn om staande te bly.

"Meneer Du Preez, kom asseblief saam met ons stasie toe."

Gert draai en kyk na David. Sy gesigsuitdrukking spreek boekdele en die frons lê diep spore tussen sy oë.

182

"O, jy en daai klein snert het my gaan aangee by die polisie, nè?" Hy wys met sy wysvinger na David. "Ha! Julle dink julle kan sonder my klaarkom. Jy dink omdat jy in matriek is, jy is nou groot! Julle is niks sonder my nie!"

Trane begin stadig oor David se wange loop.

"Pa... Jy het haar amper doodgeslaan." Hy verloor sy laaste bietjie respek toe die beeld van Ané op die hospitaalbed in sy gedagtes verskyn. "Jy het haar amper doodgeslaan," sê hy weer en begin ruk soos hy huil.

"Sy is 'n nikswerd, klein merrie! Sy moet doodgaan, nes haar ma en jou ma!"

David maak sy vuis hard toe die woorde soos 'n lem deur hom sny. Hy voel hoe hy alle selfbeheer verloor vir die onmenslike man wat hy sy pa noem.

"Meneer Du Preez, dis nou genoeg!" maak die geregsdienaar 'n einde aan Gert se geskel. "Kom asseblief saam met ons."

Die konstabel vat vir Gert ferm aan sy bo-arm en lei hom tot by die polisiemotor wat voor die huis staan.

Hoofstuk 7

Die bouvallige vaalwit huis op die hoek van Darling- en Houtkapperstraat in Klaasdorp is stil op die Vrydagoggend, 'n week later. Daar is golwe van gemengde emosies wat in David heers terwyl hy sy wit knopies-hemp en denim-broek aantrek, netjies geklee vir die hof.

Die eetkamertafel is vir twee gedek, maar David is nie honger nie. Oor en oor oefen hy sy toespraak en antwoorde op die vrae wat gevra kan word, soos die staatsprokureur hom voorberei het, maar elke keer klink dit anders.

"Môre, Boeta," groet Ané en onder-breek sy gedagtes.

"Môre, Kleintjie, hoekom is jy so vroeg wakker?"

"Ek het nie lekker geslaap nie, Boeta. My ribbetjie is seer." Sy kyk met 'n frons tussen haar oë na hom.

"Hoekom eet jy nie? Waarheen gaan jy?" vra sy bekommerd.

"Ek is nie honger nie, eet jy maar die laaste bietjie pap. Ek sal plan maak om kos te koop vir die huis." David voel oorheers met emosies en kan die trane nie keer wat by sy wange afloop nie.

Ané staan van die tafel af op en loop kamer toe. Sy haal die ou vaal Kinderbybel uit haar bedkassie uit en laat dit tussen haar twee hande op haar skoot oopval, dan vat sy die honderdrandnoot en haas weer terug eetkamer toe.

"Hier, Boeta. Jy kan dit vat," sê sy en hou die noot uit na David.

Vir 'n oomblik staar hy net na haar en die noot in haar hand. "Alles sal oukei wees," sê sy met 'n glimlag en gee hom 'n drukkie.

"Alles sal oukei wees," herhaal hy haar woorde en druk haar styf teen sy bors vas.

'n Motor se toeter onderbreek die oomblik en veroorsaak dat die hele buurt se honde begin blaf.

"Ek moet nou gaan, Sussie, maar ek kom so gou moontlik terug. Ek het vir Elsie…"

"Waarheen gaan jy?" onderbreek sy hom. "Gaan jy werk soek?" Daar is kommer in haar stem en haar oë is groot gerek. "Wat as Pappa terugkom?" Haar oë vul met trane.

"Hy sal nie terugkom nie, Sussie. Ek belowe." David druk haar weer teen hom vas. "Elsie gaan hier wees. Sy sal na jou kyk. Ek … uhm, ek…" sukkel hy. Hy wil haar nie vertel van die hof nie. Sy is al deur soveel die laaste ruk met toetse wat die dokters gedoen het, die polisie wat haar ondervra het, en die seer van 'n gebreekte rib.

"Ek gaan werk soek, ja," verdraai hy die waarheid so effens. Hy gaan wel werk soek by die houtwerkplek, maar dis eers laatmiddag nadat die hof verdaag het.

Dis yskoud toe David die hof betree. Daar is 'n paar mense wat in die banke sit en sekuriteitswagte by die deure.

"Sit hier," sê die staatsprokureur en wys na die eerste bank agter die verweerder se tafel.

Saggies gaan sit David, maar die houtbank kraak en almal kyk dadelik na hom. Hy knyp sy oë vir 'n oomblik toe om die senuweeagtigheid te onderdruk en maak dit dan stadig weer oop.

Die sydeure swaai oop en 'n polisieman vergesel Gert by die hof in. David sluk en voel hoe sy hart in sy kop klop. Hy kan Gert se oë op hom voel, maar hy waag nie om vir hom te kyk nie.

"Staan, asseblief," beveel 'n wag. Die staatsaanklaer betree die hof en maak haar gemaklik in die regsbank wat op die mense uitkyk.

"Sit, asseblief," kom die volgende bevel deur.

David sit met sy kop vooroor gebuig en vroetel senuweeagtig met sy vingers.

185

Eerste is die dokter op die standpunt. Met sy mediese bewyse teken hy 'n prentjie vir die gehoor van 'n dogtertjie, wreed mishandel, gevolg deur foto's wat oor die groot skerm flits. Gert kyk nie op nie. Hy hou sy oë op die blaai wat voor hom op die tafel lê.

Daarna is konstabel Van der Merwe aan die beurt wat sy bewyse neerlê van klagtes wat teen Gert gemaak is in die verlede.

"Volgende is David Du Preez..." David hoor nie die hele sin wat die wag uitroep nie, sy ore verdoof toe hulle sy naam roep en 'n naar gevoel stoot op in hom. Hy dwing homself orent en loop deur die klein deurtjie na vore. Sy ore tuit en sy hartklop weerklink in sy kop. Die paar meter voel soos kilometers voordat hy agter die getuiebank gaan sit. Nou is dit nog moeiliker vir hom om nie na Gert te kyk nie, en kan hy Gert en die hele gehoor se oë op hom voel.

Agter in die saal teen die wit muur vind hy vir hom 'n kol waarna hy kan staar.

"Herhaal asseblief agter my aan. Ek, staaf jou naam..." beveel die wag. David sluk en sluk weer.

"Ek, David Du Preez..." begin hy sy eed aflê.

Vraag na vraag staan hy sterk en antwoord eerlik. Met die beeld van Ané in sy gedagtes weet hy dat dit die regte ding is wat hy doen. Hy herleef elke oomblik wat Gert vir Ané mishandel het. Elke skree, elke gevloek en pleit nog duidelik ingebrand in sy geheue.

"Hiermee word Gert Du Preez skuldig bevind..." staaf die staatsaanklaer.

David val met sy kop op sy arms neer en trane stroom by sy oë uit. Dis verby, dis uiteindelik verby, sê hy vir homself.

Hy lig sy kop op en kyk hoe die polisiewag vir Gert boei en by die hof uitlei.

Buite skyn die son helder, die voëls sing vrolik en mense is aan die beweeg. David gaan staan vir 'n oomblik stil. Kan dit werklik wees? dink hy by homself.

186

Met 'n vaste tred loop David reguit na die houtwerkplek.

"Middag, meneer Louw," groet hy vriendelik.

"David, jy kom of jy gestuur is." Ben, die eienaar, lyk hewig ontsteld. "Jakob het al weer nie opgedaag vandag nie! Dit was sy laaste! Jy is mos nou klaar met skool. Soek jy 'n permanente werk?"

David kyk verstom na hom. "Ja! Asseblief!" antwoord hy opgewonde.

"Wanneer kan jy begin?"

"Nou." David antwoord sonder om te dink.

"Dis nou al middag en jy het nie werksklere aan nie. Val môreoggend in dan gesels ons oor die salaris en kan jy sommer begin."

"Dankie, meneer Louw." David skud sy hand en stap vinnig straataf na die inkopiesentrum so paar blokke verder.

Dis laatmiddag toe David twee sakke inkopies op die lendelam eettafel neersit. Ané kom stadig van haar kamer afgestap en vee die slaap uit haar oë.

"Elsie, sal jy asseblief vir ons die hoender en groente maak," vra hy beskaaf.

Ané kyk fronsend na hom. "Wat nou, Boeta?"

"Alles is nou verby. Pappa sal jou nooit weer seermaak nie. Hulle het hom weggevat sodat hy nie weer naby ons kan kom nie," sê hy met 'n glimlag, maar Ané lyk bekommerd.

"Sal Pappa oukei wees?" vra sy dadelik.

"Hy is waar hy hoort, Sussie." David trek haar nader en druk haar teen hom vas terwyl Elsie met 'n glimlag na hulle staar. Sy weet waardeur hulle ma's asook hulle is die laaste paar jaar.

"Wil jy volgende jaar skool toe gaan?" vra hy om die onderwerp te verander.

"Kan ek?" vra sy opgewonde. "Kan ek regtig, Boeta?" vra sy weer.

"Ek het 'n werk gekry by die hout-werkplek. Nou kan jy skool toe gaan as die skool weer oopmaak en jy kan by maats speel," vertel hy met 'n glimlag. "O, ja en jy kan by jou oom Paul gaan kuier sonder om by die venster uit te sluip."

Hulle albei skaterlag en omhels mekaar van vreugde.

Geagte Leser,

Ons hoop dat u ons boek geniet het en dit boeiend gevind het. U terugvoer is baie belangrik vir ons en vir toekomstige lesers.

Ons sal dit baie waardeer as u 'n paar oomblikke kan neem om 'n resensie op Amazon te skryf. U mening help ander om ingeligte besluite te neem en dit help ons om beter te verstaan wat ons lesers waardeer.

Baie dankie vir u ondersteuning!

Vriendelike groete,
Malherbe Span

Geagte Leser,

Ons hoop dat u ons boek geniet het en dit boeiend gevind het. U terugvoer is baie belangrik vir ons en vir toekomstige lesers.

Ons sal dit baie waardeer as u 'n paar oomblikke kan neem om 'n resensie op Amazon te skryf. U mening help ander om ingeligte besluite te neem en dit help ons om beter te verstaan wat ons lesers waardeer.

Baie dankie vir u ondersteuning!

Vriendelike groete,
Malherbe Span